任性出版

不能明說的人生出路，
社會走闖該明白的人性刻度

知名歷史專欄作家 押沙龍◎著

目錄

推薦序一

誰不想當仰光前行的英雄，只可惜現實總考驗著你的善意

作家、新北市丹鳳高中圖書館主任／宋怡慧

摘下世界是美善的濾鏡，《水滸傳》瀰漫著血腥、暴力、黑暗。作者施耐庵刻意用情和義的主色調，來美化小說裡的人物——稱兄道弟的英雄、滿嘴仁義道德的好漢，卻讓你時不時看到，梁山泊也像泯滅人性的生死競技場。

我喜歡作者押沙龍說的：「偉大的文學，不是讓你變單純，而是讓你變複雜。」用如此思辨的觀點來讀《水滸傳》，讓我深層的理解：當你看清世界是極度複雜的，卻願意相信世間有單純的存在，那是內在強大的愛與希望。善意支持著你即便身處黑暗處，卻願意索光向前。

《水滸傳》裡人物栩栩如生，各有風情。作者從人性角度出發，情有獨鍾的選了

林冲、魯智深、宋江……十三位人物，並細膩又深入的解析。原來，人性的善與惡，是你看不清也猜不透的，一念天堂、一念地獄。

作者找出各種評析的說法，帶著讀者從善惡來思考：

宋江表面上是梁山好漢之首，情節卻一再刷新你的三觀，讓你像霧裡看花，真不懂這個擅用權謀、城府極深的角色是正亦邪？

莽撞的李逵，被貼上殺人狂魔的標籤，連四歲小娃都不放過，但他的嗜血貪嗔，卻隱隱透漏毫無矯飾的天真。

林冲真的是官逼民反的正派人物，還是本身就是個舉棋不定的社畜？

花和尚魯智深的善良直率，為金翠蓮父女出氣，到底強出頭是為了他人的正義，還是自己的正義？但他的魯莽衝動，卻讓人不得不愛，你多希望偽善的世界，身邊有這樣的好朋友。他的「反」，不是困於走投無路，而是出自內在「做自己」的聲音。

善良的人性被現實逼到絕境就黑化了，囂張橫行的惡人，竟存有一絲純良的舉措？《水滸傳》本來就不是一部容易洞悉細節的曠世之作，但押沙龍從人性善惡去剖析，讓小說不論是濃墨重彩的情節，抑或是刻意留白的部分，都有了輕鬆切入的品讀角度。

金庸說：「有人的地方就有恩怨，有恩怨就有江湖，人就是江湖。」你本以為在這次的肉搏戰裡僥倖活下來是幸運，誰能想到，還沒好好舒口氣，又掉進下一場生死的關卡裡。押沙龍的文字劈面而來的，是讓你屏氣凝神卻忍不住往下深究的快意，於是你跟著作者的人設繼續讀下去。

所謂兄弟間的正義之旅，沒有宋江帶領兄弟殺出重圍，找到生命的桃花源的情節，他反而在這個橋段絕望不已；對宋江忠心不二的李逵，被騙而飲下毒酒……英雄們本該團結合作、盡情演出力抗惡勢力的忠義大戲，最後你竟驚覺：這不過是各懷鬼胎的組隊，甚至還常常喊著口號，自詡要仰光前進，人生走到最後本應翻身，卻落得越陷越深的劇本。

矛盾的人性是我們的生活，各種黑暗如暗流，消弭了你的善意，不同的暴力，讓你有苟活的無奈與痛苦，許多誘惑招使你墮落。**我們讀著宋江，在讀自己的表裡不一；讀著武松，也在悲憫自己的遭遇**，你會有些感傷他們怎麼把人生活成這樣，那麼，我們自己呢？

你終於懂了，文學是生命的解藥，水滸一百零八條好漢，你可能正在重演著誰的故事，也可能**從他們的際遇，為自己的人生開拓出一條嶄新的坦道**。你看穿的人生，不過就是善與惡的拉扯，你不是替天行道，你是在走自己的道。你以為循規蹈矩，當個乖乖牌，命運就會對你手軟，但，人生真的沒有你期待的快樂結局。

感謝那些討厭你的人，如果不是嫉妒你，就是希望這些磨難會讓你變得更好。忠義和善也好，奸巧狡詐也罷，如果我們可以活得簡單，誰想要活得複雜；你可以當個主角，誰想當討人厭的反派。如此看來，充滿心計的人生，正考驗著你對善與惡的堅持，這也是我在書裡邂逅的人生奧義。

本文作者為現任新北市立丹鳳高中圖書館主任、聯合線上專欄作家，推動閱讀經歷豐厚完整，曾受邀臺灣各大報章雜誌及電視節目，專訪閱讀教育議題，被媒體譽為「閱讀傳道士」。著有《國學潮人誌，古人超有料》等書。

推薦序二

於人心無所不窺，於人性無所不見

媒體專訪歷史名師、《不宮鬥也能強大》作者／陳啟鵬

人心其實很單純，但碰上人性之後，一切就變得複雜了。

像是我在課堂上很受學生歡迎，不只故事精采，而且性格率真，可是各位可能不知道，熱血率真的背後，也有我的小小心機，有時是故作天真，營造效果；有時是故作無知，導引學生；有時是故作姿態，希望學生收攝心神，好好聽課。為學生好的初心，也會需要因時制宜，如果是面對更複雜的人性，就有更多變通的空間了。

《水滸傳》，正是這麼一本充斥人心與人性角力的寫實小說。

在梁山泊一百零八條好漢中，宋江最耐人尋味，他重情重義、樂善好施，得了個「及時雨」的稱號，但他的大義一旦碰上私欲，立刻就會改弦易轍。

例如，他為了逼秦明上梁山，喬裝成秦明的兵團，犯下屠村的滔天大罪，不僅使

秦明家破人亡，也讓青州城外幾百戶百姓無辜遭殃，但宋江為什麼要這麼做？無非是對兄弟負責，壯大梁山泊勢力。

然而我們要問，對兄弟們講義氣，真的非得用這麼極端的手段不可嗎？當然不，但宋江為什麼非得扭曲自己的大義？無非是參雜了私欲：要被朝廷招安，得先壯大；要夠壯大，得先把人逼上梁山。

很有趣的是，施耐庵在故事中，總不輕易點破這一點，他把人性與私欲藏在自成一格的講情重義之中，但卻遮遮掩掩，給人無數揣測的空間。

在本書中，作者押沙龍反其道而行，先把掩蔽的人性透析出來，再用行為反證人心，於是你重溫《水滸傳》時，會突然恍然大悟，這些**人心與人性從沒真正消失過**，**只是換了個方式**，**以不同面貌呈現在我們生活之中**，所以你有可能是一心想當官的宋江，也有可能是懷才不遇的吳用，更有可能是睚眥必報的武松，只是看有沒有這個場合，讓你重蹈梁山泊好漢的種種選擇。

武俠小說名家古龍，曾在著作中說：「**世界上最難了解的**，**就是人心和人性**，人性的複雜，遠在天下任何一種武功之上。」相信各位看了押沙龍的解析之後，你也會有類似的體會，而對複雜的人心與人性，有更多不同層次的領會。

本文作者為《商業周刊》歷史專欄作家、媒體專訪歷史名師，主持網路版《關鍵時刻》「陳啟鵬顛覆歷史」、播客「如果歷史是一隻鵬」，著有歷史、作文、社會科等方面書籍，並多次擔任大考解題分析老師。

推薦序三

《水滸傳》裡的角色就存在你我身邊

歷史名師／黑米

「各位同學，你們有讀過《水滸傳》嗎？」作為一位歷史科的教育現場工作者以及閱讀推動者，我總會希望將課程的視角廣度，在廣、近之間變化。而《水滸傳》、《紅樓夢》等作品，則成為我想聚焦當時背景，針對彼時人物最好用的放大鏡。

對於喜歡這些文學作品的讀者而言，確實是在繁忙的生活中，得以調劑心靈、值得重新反芻的作品。

但對多數學生來說，他們對這些名著無感，即便你說了這些著作裡面的故事有多慷慨激昂、賺人熱淚，這些被我們冠上「經典」兩字的傳世名著，卻沒有辦法真正走入學生的心裡。

給你一首歌的時間，如果你是一位很喜歡這些著作的人，你會用什麼樣的方法，讓一個對它完全無感的人願意翻開書籍，稍稍的看一下呢？我認為，最有效的方式，應該是拉近讀者與書籍之間的距離。

這些存在於過去或是書中的歷史人物、文學角色，他們與大眾讀者之間，往往存在一道難以跨越的鴻溝。而拉近彼此距離最好的方法，就是找到這些人物與我們之間的共通性，而《讀水滸》作者押沙龍，在書中給了我們最好的答案。

在押沙龍筆下，我才驚覺那些看似離我們十分遙遠的文學人物，他們面對問題的處理方式、對於未來的期許，都與我們生活周遭的人們極為相像。我們的身邊，總會有跟林冲一樣，有點怕麻煩、追逐著歲月靜好的同僚；也有如魯智深般直率衝動，對情意執著萬分的友人。

林冲溫而不熱、魯智深則是熱如焰火，你最想與哪位故事人物認識、深交？這項**選擇沒有所謂的標準答案，卻顯露了我們從什麼角度出發，對於這些人物們所投射出的喜好與評價**。

當你翻開本書，你看見的不再只是單純的水滸故事講解，而是在看一篇洞察人性的深度探查報告。讀者與故事人物的距離，便在這些說明與比喻裡悄悄拉近。

我總會說，與其讓別人告訴你什麼是《古蘭經》，不如親自走訪一趟清真寺；與其讓他人講解什麼是文藝復興，不如用自己的眼睛來看看當時的藝術精神；與其用考試來強迫你閱讀《水滸傳》，不如把這些故事情節與人物，當作我們生活周遭曾經出現的朋友、家人、同僚，甚至是競爭對手來認識。

而押沙龍的筆法，則讓這些文字成了我們與這些人物認識、深交時最有趣的導引。

本文作者為成大歷史系畢業，擔任中學歷史科老師。透過故事化的教學、加強梳理各時期重要歷史事件與因果關係、結合大量圖表的圖像式學習法等輕鬆生動的方式，幫助學生熟悉歷史。

序
少不讀水滸，老不看三國

在我看來，中國的四大名著各有代表色。

《三國演義》的主題是權力和戰爭，就像一場宏大的戰略遊戲。它的顏色是黃色，帝王的顏色。

《西遊記》是藍色，因為它是一本幻想之書，洋溢著孩童般的自由想像。

《紅樓夢》則是紅色與白色。紅色是現實的萬丈紅塵，白色則是理想的永恆之境。它被困在現實之中，卻堅守著理想主義的超越精神。就這一點而言，《紅樓夢》在古典小說裡是獨一無二的。

而《水滸傳》是紅色與黑色。它就像叢林裡的一把刀，劈開了黑暗中的一腔血。中國小說裡，再沒有誰像它這樣殘酷，又這樣濃烈。

四大名著裡，除了《水滸傳》，其他三本都對現實有所修飾。羅貫中對現實的修飾，是為了他的正統理念；吳承恩的修飾，單純為了好玩；曹雪芹的修飾，更多是由於不忍。我一直猜想《紅樓夢》原本已經寫完了，曹雪芹只是出於不忍之心，才隱掉滿目狼藉的後四十回。

跟它們比起來，《水滸傳》顯得更加自然。施耐庵生動而細緻的描寫種種暴行，比如武松血濺鴛鴦樓、李逵（音同葵）活剮黃文炳、楊雄怒殺潘巧雲……作者寫下這些血腥文字時，沒有任何心理負擔，也沒什麼道德批判。在他看來，這是世界的真相。至少在某些角落裡，世界確實就是這個樣子，刀光凜利，血汙滿面。所以，作者也就這麼寫下來了。

當然，施耐庵也給作品蒙上一層薄薄的倫理薄紗，但是這些薄紗都禁不起推敲，更像是作家為了講故事而豎起的一個幌子。

比如《水滸傳》曾被稱為《忠義水滸傳》，核心價值看似是「忠義」，但這些價值真的很不可靠。就拿「忠」來說，書中角色真的忠於君主或國家嗎？宋江臨死時，李逵建議他再次造反，他並沒有說「要忠於大宋」，而是說：「軍馬盡都沒了，兄弟們又各分散，如何反得成？」（按：本書摘自《水滸傳》引句內容，皆以原文呈現）造反也好，招安也好，都是基於很現實的利益考量。吳用甚至建議大家背叛宋朝，投靠遼國。

那麼，他們的「忠」到底表現在哪裡呢？至於「義」，書中確實有不少講義氣的人，比方說魯智深對林冲，朱仝（同的異體字）對雷橫，都很仗義。但通觀全書，更多的還是利害盤算，一地雞毛。

秦明全家都被宋江設計害死，妻子的頭顱高高掛在城門上，他真的和宋江有情義嗎？再比如扈三娘，她全家被李逵殺個精光，自己被逼著嫁給了矮腳虎王英，她對梁山這幫人又能有多少義氣？梁山好漢結拜時，念的誓詞是：「若是各人存心不仁，削絕大義，萬望天地行誅，神人共戮。萬世不得人身，億載永沉末劫！」這種刻毒的詛咒背後，到底是對「義」的信任，還是對「義」的不信任？

整本書讀下來，真的很難相信梁山是個講義氣的江湖樂土。

但是，這種主題價值的缺失不是作者的失敗，反而是他的成功。按照施耐庵的本意，也許想呈現忠義故事，但是他最終還是選擇了忠於自我感受。他眼裡的世界是什麼樣子，他就只能那樣去寫。就這樣，他沒能寫出一本弘揚忠義的小說，而是寫出了一本偉大的小說。

現代讀者對此往往不太能理解。大家現在過於看重角色設定好不好、故事三觀正不正，在道德上很有警惕性。這麼一來，讀《水滸傳》就很麻煩。有的讀者覺得《水滸傳》是經典名著，不敢去否定它，就只能忽略那些刺目的情節，刻意的誤讀。他們一廂情願的相信梁山好漢都在行俠仗義，豪氣干雲。

其實在《水滸傳》裡，行俠仗義的事情極少見，更多的反而是濫殺無辜。

我們可以看一下歷來的《水滸傳》電視劇。最早的版本還敢表現一些人物的凶悍殘忍，可隨著觀眾的道德感越來越強，電視劇的改動就越來越大。情節越來越柔和，人物越來越正義，但整個故事也越來越平庸。

有一些讀者比較老實。他們沒辦法逼自己誤讀，於是就走上了另外一個極端，認為《水滸傳》是一本三觀不正的垃圾書。我能理解這種想法，但完全不贊成。我們不能這樣解讀文學。作者當然可以有自己的道德判斷，但是偉大的作者會和這種判斷保持一定的距離。這樣，他才可以用好奇的目光去審視這個世界。他要像體驗善一樣，去體驗惡；像體驗光明一樣，去體驗黑暗。他必須有強大的洞察力，同時心腸還不能太軟。

最重要的是，他要忠於自我的感受，勝過世間的一切。

如果把施耐庵當作我們現實生活中的人，我估計不會喜歡他。但是作為一個作家，我對他充滿了敬仰。**《水滸傳》**展現給我們的，**不是一個「正確的世界」，而是一個豐富多樣的世界**。你可以從不同的角度進入它，觀察到世界不同的側面。有善、有惡，也有善與惡之間的種種不得已；有光明、有黑暗，也有光明與黑暗之間的灰暗幽深。

偉大的文學，不是讓你變得單純，而是讓你變得複雜。

只有在認識到世界的複雜之後，我們的道德也才有真正的意義。

在不同的讀者眼裡，當然會有不同的《水滸傳》。而在我的眼裡，《水滸傳》是一本關於人性的小說。書裡面有各種人物，宋江、武松、魯智深、林冲……作者把他們放在非常極端的環境裡，然後冷靜的描寫他們的反應。寫到最後，這本書就成了一個宏大的人性博物館。這有點讓我想起中學裡見過的解剖青蛙。在電流的刺激下，青蛙發出種種悸動，最終暴露出生理的祕密。

作為一本小說，這樣做確實很殘酷，但也很偉大。

中國古典小說跟西方文學不一樣，它很少大篇幅的描寫心理。人物的心理主要透過語言和行動來表現，而且語言和行動還不會寫得太滿，要有很大的「留白」。說起來，這有點符合海明威的「冰山理論」——很多東西隱藏在文字之下。

我舉一個例子。晁蓋和宋江的關係到後來有點緊張，作者不會直接說，而是安排很多細節來暗示這一點。比如：金毛犬段景住送一匹寶馬給梁山，結果半路上被曾頭市的人搶走了。這匹馬不是送給晁蓋，而是送給宋江的，因為段景住曾說：「江湖上只聞及時雨[1]大名。」這個時候，晁蓋的反應非常激烈，破口大罵：「這畜生怎敢如此無禮！」表面上看他罵的是曾頭市，實際上罵誰，很難講。

1　指宋江，因為他仗義疏財、樂善好施，總是在別人最需要幫助的時候及時出現，所以得到這個綽號。

極少下山作戰的晁蓋，這次非要帶兵打仗。宋江勸他別去，晁蓋說：「不是我要奪你的功勞！你下山多遍了，廝殺勞困。我今替你走一遭！」寨主和副寨主之間談到「搶功勞」的話題，已經是一種強烈的暗示了。

最後，晁蓋在曾頭市中箭身亡，臨死前他又留下那個著名的遺囑：「若那個捉得射死我的，便叫他做梁山泊主。」這又是對兩人關係的一種暗示。

除此之外，書中其實對此還有幾處暗示，我就不一一列舉了。

如果我們只看正面描寫的文字，晁蓋和宋江的關係始終非常好，情深義重、情同手足。只有把這些暗示聚攏來，我們才會看到隱藏在文字下面的東西。

那麼，作者為何要這樣「留白」？為何不正面交代：晁蓋和宋江關係惡化了！

從藝術創作的角度看，我們可以為此找出很多原因。但對於作者來說，可能有個最簡單也最現實的理由：真實世界就是這樣。沒有人能開啟上帝視角，洞察別人的心理活動。也沒有人會在你耳邊提醒：「看，晁蓋和宋江有矛盾了。」你只能從對話和行動中領悟。

這就給讀者留下了巨大的解讀空間，而這種解讀需要一定的生活閱歷，需要體會人情世故。我們在二十歲跟四十歲時讀《水滸傳》，感受完全不同。年輕時候，我們多感受到快意恩仇、慷慨激昂。可是，等我們在人生這個大染缸裡浸泡多年後，就會從《水滸傳》裡讀出種種的無奈、掙扎、隱忍、妥協。幾條猩紅的血路，一地破碎的妄想，還有消逝在風中的深深嘆息。

這是一本解讀《水滸傳》的書，更準確的說，是一本解讀《水滸傳》人物的書。因為我對人的興趣，遠遠大於對事件本身。

《水滸傳》有一百零八將，其中大多數都不值得去仔細分析，事實上也沒法分析，因為他們的形象太單薄了。畢竟人物如此眾多，施耐庵縱然才大如海，也無法個個都顧得到，所以很多好漢都面目模糊。誰知道龔旺是什麼性格？丁得孫又是什麼個性？至於什麼鄒淵、鄒潤、孟康、侯健，也無非都是一些人名符號。施耐庵拿他們去湊齊一百零八這個數字而已。

所以，我只選了十幾個最立體、最鮮活的人物。怎麼取捨，當然也有困難之處。宋江、吳用、林冲、武松，這些人物肯定要寫，沒有任何問題。但也有一些人物雖然有點意思，為他們專門寫一篇似乎又犯不上。比如柴進、戴宗、公孫勝、花榮，都是這種情況。寫到後來，我一度有點猶豫，打算把最後一篇留給盧俊義。曾任職廈門大學的易中天教授看了我以前的幾篇文章，建議我把盧俊義換成史進。後來我仔細想了一下，覺得很有道理。

易老師對人物確實看得很準。盧俊義雖然位置重要，出場次數也多，但從本質上來說，他就是《水滸傳》裡的工具人。而史進卻有強烈的個性，符合成長的邏輯，富於少年的魅力。所以，我最後選擇史進。從寫作時間上來說，「十八歲的少年血——九紋龍史進」就成了本書的最後一篇。

這十幾個人物，每個都有很獨特的地方，我對他們也有不同的感受。當然，我有偏好的角色。比如我最敬愛魯智深，最同情林冲，最悲憫武松，最厭憎石秀，最好奇宋江……每個人物，我都有自己的感情投射。就像寫到朱仝時，我心情激蕩，有一種巨大的悲傷感，覺得事情怎麼會變成這個樣子。

在我的眼裡，他們有血有肉，是活生生的人。我努力理解他們的心理，推敲他們的行為，分析他們的性格，搞清楚他們何以會如此行事。

但是這裡就牽涉到一個問題：施耐庵寫《水滸傳》時，真想那麼多了嗎？

我覺得沒有。

我相信他是憑著直覺去寫的。不過作為超一流的作家，施耐庵對世情和人心具有深刻的洞察力。所以他會本能的讓人物這麼說話，這麼行事，讓他們有自己的性格和行為邏輯，至於為什麼要這麼寫，他可能並沒有仔細推敲過。

在中國，小說寫作課程會告訴人們應該這麼寫、那樣寫，好像每一段話都要有明確的意圖，每一段情節都該起到具體的作用。實際上，頂級作家不可能如此寫作。如果每寫一段話，都明確知道自己這麼寫的目的，那他最多是個二流作家。

我們解讀的東西，往往是作者無意識的直覺產物。有時候，冰山理論不僅對讀者成立，也對作者成立。解讀，並不是還原作者的想法，而是盡可能的揭示這座冰山。

但是這並不代表可以隨心所欲解讀。

有人在分析《紅樓夢》、《水滸傳》等經典小說時，特別熱衷於陰謀論。他們喜歡腦補書中沒有的情節，編造出一個個驚人的陰謀，好像越是駭人聽聞，越能顯得自己獨具慧眼。在我看來，這種解讀方式非常糟糕。經典小說有多重性，我們確實不能傻乎乎的相信書中的字面資訊，但也不能像創作同人小說一樣，天馬行空，無中生有。

就像有人在「解讀」晁蓋之死時，就認為林冲受宋江指使，毒死晁蓋。因為書中說晁蓋中箭後，「林冲叫取金槍藥敷貼上，原來卻是一枝藥箭」。不久晁蓋就死了。可見金槍藥裡大有問題，必定是林冲下的毒手。

要按這種解讀方式，我們可以隨便腦補，可是，這樣信口開河有什麼意義？

我認為，還是要保持一份謙卑。解讀不能脫離原著，也不能違背人情之常。在各種各樣的解讀裡，最貼近文本、最符合常識的解讀，往往也就是最好的。

解讀不是獵奇。它是對文學的一種認知。而對文學的認知，也就是對世界與人心的認知。

最後，我要解釋一下這本書裡牽涉的《水滸傳》版本問題。

《水滸傳》有很多版本，但大致來說可以分成兩個系統，一個是簡本，一個是繁本。到底誰先誰後，學術界爭論得很激烈，在本書中，我們不會探討這點。總之，簡本的文字比較粗糙質樸，更像是說書人使用的大綱；繁本比較生動細膩，很有文學性。而我寫的這本書，是建立在繁本系統上。

繁本也有很多不同的版本，其中最重要的有三個。

第一個是容與堂百回本，也叫《李卓吾先生批評忠義水滸傳》，這個版本的文字可能最接近原貌。大家在書店裡買的《水滸傳》，通常都是拿它做的底本。我引用的《水滸傳》文字，也是以這個版本為主。

不過需要說明一下，容與堂百回本自稱是由明朝文學家李贄評點，但到底是不是，學界有爭議。很多人說，這本書其實是一個叫葉晝的明朝小說家評點。李贄名氣大，葉晝想多賣幾本書，就假託李贄的名字。不過即便是葉晝偽託，他肯定也仔細揣摩李贄的思想和筆調，因為這本書的評點文字和李贄的文章非常像。為了簡便起見，我在這本書裡，還是認定容與堂百回本的評點者是李贄。

第二個重要版本，是清初著名文學批評文家金聖歎的七十回貫華堂本，也叫《金聖歎批評第五才子書》。七十回本寫到梁山大聚義就結束了，沒有招安的部分，更沒有征遼國、征方臘的情節。

金聖歎眼光獨到、才氣縱橫，所以這個評點本影響非常大。但金聖歎有個毛病，就是不老實。他往往根據個人喜好，亂改原文，還非說市面上流行的都是「俗本」，他是按照「古本」改的。其實他哪見過什麼古本，就是自己動手改的。不過確實也得承認，有些地方金聖歎改得還真是不錯。

第三個重要的版本，是晚明出版家袁無涯刊行的百二十回本，也叫《出像評點忠義水滸全傳》。這個版本的重要性，是它比容與堂本多二十回。這二十回講的是征田虎、征王慶的故事。我只在寫燕青那一篇時，引用過這個版本的文字。百二十回本也自稱是李贄評點的，但按學界的意見，多半也是偽託。所以我在提到這本書的時候，為了不和容與堂本混淆，就把它的評點者認為是袁無涯。

此外，在這本書裡，我還提到過余象斗和王望如。他們是歷史上比較有名的《水滸傳》點評者，但他們使用的版本沒有太大重要性，余象斗點評的甚至還是簡本，這裡就不多做介紹了。

1

中產階級的歲月靜好

——豹子頭林沖

為八十萬禁軍槍棒教頭，身長八尺，人稱豹子頭。武藝蓋世，再加上跟張飛一樣使用兵器丈八蛇矛，所以又被稱作「小張飛」。梁山好漢排行第六，對應天雄星。

讀過《水滸傳》的人，大多對林冲的印象比較好。有的說他是英雄，有的說他是暖男，以前網路上甚至還有一種說法，「嫁人當嫁林教頭，交友當交林教頭」。

林冲確實較正派。他武功這麼高，卻不恃強凌弱，平時談吐斯文，做事低調，有點像現在受過教育的中產階級。放到梁山那個大環境裡看，林冲肯定算好人。但是，你要是說嫁人該嫁給這樣的人，交朋友該交這樣的人，我不信。你要說他是暖男，我更不相信。

林冲一點都不暖。金聖歎評點《水滸傳》時，說他是「毒人」，做事太狠。這說得有點過了。林冲並不毒。他只是比較冷漠，對什麼事情都不會特別執著。他就像是一個所謂「五〇％」的人，感情是五〇％，道德是五〇％，做事也是五〇％。

說得更清楚一點，他有點小道德，但是也不怎麼堅持；有點小追求，但也不怎麼當真；他能愛一個人，但愛得並不徹底；他也能對朋友好，但好得也很有限度。

他最關心的事情，就是輕鬆、安穩的過日子。只要日子安穩，其他事情能糊弄過去就糊弄過去。

在這個世界上，其實大部分人都是這樣。林冲跟別人不一樣的地方，就是武功高。如果撇開這一點，他非常像我們這些普通人。

生氣，是為了給自己臺階下

用現在的話來說，林冲屬於典型的中產階層。他的父親是提轄[2]，岳父是教頭[3]，自己是「八十萬禁軍教頭」。這個頭銜聽上去很拉風，好像八十萬禁軍都是他徒弟，其實就是個普通武官，地位說高不高，說低也不低。

林冲在單位裡混得還可以，這主要是因為他專業水準好。陸虞候跟他喝酒時，就說：「如今禁軍中雖有幾個教頭，誰人及得兄長的本事？太尉又看承得好。」可見上司把林冲當成精英，很器重他。後來高俅高太尉設計陷害他，派人請他到府裡比刀，林冲也沒有懷疑，當成一件很正常的事，這說明他跟領導平時就有來往，關係還不錯。

林冲工作也很清閒。從書裡看林冲似乎不用坐班，不用打卡。覺得心裡悶，就能隨便窩在家裡不出門。想喝酒了，巳時（早上九點到十一點）就能和陸虞候出去喝酒，工作量明顯不多。

2 為一種武官，主管軍隊訓練，督捕盜賊等職務。
3 古代教授武術技藝的教師。

工作不忙，收入卻不錯。書上就說他受高太尉的「大請大受」——工資高，待遇高。這話說得不錯，高太尉在經濟上肯定沒虧待他。林冲買把刀就花了一千貫[4]，待遇不高怎麼買得起？

上司器重、工作清閒、待遇好。林冲就跟現在的中產階層一樣，覺得天下太平，歲月靜好，也沒太大的雄心壯志，只想這麼一天天過下去。

誰知道出事了。

中產階層就是這樣。不出事時，整個世界看上去都很友善。可一旦出事，生活瞬間就會天塌地陷，友善的世界頓成幻象。他們會發現自己就像草芥一樣，面對災難毫無抵抗能力。

林冲出事，是因為高衙內（高俅的義子）看上他的妻子。對一個男人來說，這當然是奇恥大辱。可林冲的態度，始終是息事寧人。高衙內第一次調戲林冲妻子時，林冲伸拳就要打人，可一看清楚對方是高衙內，「先自手軟了」，站在那裡，也不說話，只是「一雙眼睜著瞅那高衙內」，用凌厲的目光對他進行道德譴責。

第二次高衙內更過分了，他把林冲的妻子騙進陸虞候家，霸王硬上弓，意圖非禮。林冲急匆匆趕到現場，第一反應也不是踹門、進去抓人，而是「立在胡梯上叫」。這一叫，高衙內當然就跳窗逃跑了。

當然，林冲不想表現得太窩囊，也想做出勇敢的姿態。所以他把氣出在陸虞候身上，先是把他家打得稀爛，然後拿著一把解腕尖刀[5]找陸虞候。陸虞候躲進了太尉府，林冲又拿著刀，在太尉府門口堵了三天。

但這就是個姿態。他真想殺陸虞候嗎？當然不想。真想殺陸虞候的話，就該不動聲色的等著，找準機會，上去一刀刺死。武松殺潘金蓮和西門慶時，就是這麼幹的。武松那是真想殺人。而林冲提把刀滿世界轉悠，其實就是告訴大家，也告訴自己：我很生氣！我要殺人了！陸虞候你給我躲遠點！

他要是真碰見陸虞候，估計也不會上去捅一刀，多半還是戟指大罵：「你這潑賊！我和你如兄若弟，你也來騙我！今番看你這廝卻哪裡走？」然後，等著別人拉架或等陸虞候逃走。

林冲這麼做，其實也是人之常情。我們碰到這種情況，很可能也會做出同樣的反應。如果毫無表示，先不說別人怎麼想，自己心裡這個坎肯定過不去。但真要殺人，以

4　貫是一種古代的貨幣單位，一枚銅製鑄幣為一文，一貫等於一千文。
5　一種隨身帶的短刀。

後的日子怎麼辦？想想實在又不敢。那最好的辦法就是作勢要打要殺，但又尋人不著。所以，林冲三天尋不著陸虞候，就算是有了個臺階下。「每日與智深上街吃酒，把這件事都放慢了。」看著好像是有點窩囊，可是中產階層的小人物多半也只能這麼做。總不能真去殺人吧？

林冲不作為，只等著事情自動變好

其實林冲還有另一個選擇，那就是離開。

在《水滸傳》的開頭，出現過一個人叫王進，也是八十萬禁軍教頭。他發現高太尉想找他的麻煩，馬上就做了決斷。當天晚上，王進就「收拾了行李、衣服、細軟、銀兩」，帶著老娘，離開這塊是非之地。

從事後看，王進的選擇非常明智。如果林冲也這麼幹，他就不會被逼著上梁山，他的妻子也不會自殺。天下之大，哪裡不活人呢？但問題是林冲捨不得。他太留戀歲月靜好的中產階級生活了，不願意顛沛流離，面對不可知的未來。所以，他選擇留了下來，假裝一切事情都沒發生。

他告訴自己：事情過去了，風平浪靜了。說著說著，也可能自己就信了。

這並不能說明林冲傻。如果換了我們，很可能也會這麼選擇。大部分人都沒有王進那種決斷力，他們多半會像林冲那樣，選擇不作為，然後盼著一切都往好的方向發展。

而且公平的說，林冲的想法也不是完全沒道理。林冲好歹是個禁軍教頭，高衙內勾引他老婆，已經很過分了。勾引不成功就算了，還要去害人家丈夫，這就太不像話了。換了一般人，恐怕也會像林冲那樣想：不至於這麼過分吧？

高太尉在害林冲之前，也確實有過片刻的猶豫：「如此，因為他渾家[6]，怎地害他？」心裡也覺得過意不去。但是高太尉很快就說服了自己：「總不能因為愛惜林冲，就送了我孩子的性命吧？」是非道理，高俅都懂，但問題是他不太在乎。說到底，林冲在他眼裡就是個草芥。一株草，好端端的長在那裡，沒招誰惹誰，我上去一腳踩死它，當然有點可惜。但歸根結底這也不是什麼大事。誰讓你是一株草呢？忍著點吧。

於是，林冲被騙入白虎節堂，脊杖二十，刺配滄州[7]。中產階級的歲月靜好一下子被打得粉碎。

6　古人謙稱自己妻子的說法。

7　古代在犯人臉部刺字並發配邊疆地方。

出發前，林冲給妻子一份休書，意思是妳不要等我了，找個人嫁了算了。對林冲這個舉動，存在著不同的解釋。

有的說：林冲是暖男，怕自己耽誤妻子一輩子。這是為妻子打算。

有的說：林冲是膽小鬼。他怕不離婚，高衙內就找他麻煩。這是為自己打算。

其實站在林冲的角度來思考，這兩個因素可能都有。對自己來說，一旦離婚，就不再是高衙內的打擊目標，這是保身之舉。對妻子來說，離婚後「有好頭腦，自行招嫁」，也不耽誤青春。

「好頭腦」是誰？金聖歎批語：「好頭腦」就是高衙內。也就是說，林冲的意思是讓妻子嫁給高衙內算了，但怕傷了對方的心，所以只能含糊的說。

金聖歎說得有道理。高衙內能害林冲，當然也能害林夫人的新丈夫。林夫人嫁給誰都不安全，除非嫁給高衙內，而且嫁給高衙內，當個闊太太，也不見得就不幸福。嫁就嫁了吧。愛情就不要了吧。林冲的安排，明顯是他向現實徹底低了頭。

林冲就像一杯微暖而不熱的水

但是林太太不同意林冲的安排，堅決要等丈夫回來。這樣一來，林冲還是接著倒悃。高太尉收買董超、薛霸兩位解差[8]，要在野豬林整死林冲。

林冲表現得很乖，一副逆來順受的樣子，不論差人們怎麼欺負，他都不頂嘴。人家要捆他，他就老老實實讓人家捆。最後董超、薛霸拿起棍子要打死他，他也是淚如雨下的哀求：「我與你二位往日無仇，近日無冤。你二位如何救得小人，生死不忘！」在《水滸傳》的後半段，盧俊義也遇到過同樣的情況。要害他的人也是董超、薛霸兩人。但盧俊義跟林冲不一樣，他知道，到這時候說什麼都沒用，只是「低頭受死」，沒有像林冲這樣卑微的求饒。

但求饒有什麼用？最後還是魯智深神兵天降，救了林冲一命，並護送林冲到滄州。這時，林冲又面臨一個抉擇：下一步怎麼辦？按理說，經過野豬林之後，林冲應該明白一件事：對方就是要趕盡殺絕，自己是沒有活路的。高太尉能安排人在路上殺他，當然也就能安排人在滄州殺他。這是很簡單的道理。他最理性的選擇，就是跟魯智深走。

但林冲捨不得。雖然沒了歲月靜好的生活，可他還是想當良民，過安穩日子。所以，能騙自己就騙自己。林冲假裝想不明白這個道理，老老實實的去滄州當犯人。

8 押解犯人的差役。

而且在去滄州的路上，他還說了一句特別奇怪的話。

董超、薛霸想套出魯智深的身分，問：「不敢拜問師父，在那個寺裡住持？」魯智深反應很快，說：「你兩個撮鳥[9]問俺住處做甚麼？莫不去教高俅做甚麼奈何洒家[10]？」他沒上當。

可是等魯智深離開後，林冲替他說出來了：「相國寺一株柳樹，連根也拔將起來。」一下子就暴露了魯智深待的寺廟。

林冲為什麼說這話？有人說這是向高太尉示好，我覺得過度揣測了，而且也不合情理。這有什麼好「示好」？多半是腦子沒多想，就這麼說出來了。但就算是說溜嘴，也說明一件事：林冲對魯智深的安全並沒有特別掛在心上。

林冲的心思很重，做事謹慎。這事要是放到他自己身上，林冲絕不會說出來。魯智深對林冲一百個好，林冲對魯智深最多也就一半好，所以我說他是五〇％的人。

我們可以設想，如果倒楣的是魯智深，林冲會跑到野豬林裡殺解差救他嗎？不可能。他頂多提著飯盒，拿點銀兩，給魯智深送行，「灑淚而別」。交一個像林冲這樣的朋友，其實挺沒意思的。

所以《水滸傳》寫到後面，魯智深和林冲的關係就變得生分了。以前魯智深喊他「兄弟」，後來兩人再次碰面，魯智深稱呼林冲「教頭」。在梁山上，魯智深和武松形影不離，和林冲卻很少互動。魯智深臨終之際，守在他身邊的也是武松，而不是林冲。《水滸傳》開頭濃墨重彩渲染的一段友誼，最後居然這樣不了了之。

要推究起原因來，也許跟林冲那次說溜嘴有關。魯智深看似莽撞，但並不是傻子，很可能猜到了是怎麼回事。但更重要的是，他們倆並非一類人。魯智深是個熱情似火之人，而林冲就像一杯微暖而不熱的水。兩個人能處在一起，無非是因緣際會的巧合，時間一長也就漸行漸遠了。

林冲有道德底線，前提是不會妨礙他的安穩小日子

林冲到了滄州以後，繼續奉行鴕鳥政策，假裝太平無事，盼著高太尉工作一忙，就忘了自己。可是，人家並沒忘了他。很快，酒保李小二跑來向林冲報告，說陸虞候來

9 罵人的話，指人是傻子、腦子反應慢。
10 宋元時，關西一帶人的男子自稱。

過這裡，和滄州的管營[11]、差撥[12]交頭接耳，一會兒說「高太尉」，一會兒說「好歹要結果了他」。

面對這麼清晰的情報，林冲還是當年那一套：林冲大怒，拿著解腕尖刀尋陸虞候，尋了三五日沒尋著，就拉倒了，「也自心下慢（沒把這件事放心上）了」。

聽上去好像很愚蠢，但實際上，這不是智力問題，而是心理問題。

哪怕李逵攤上這樣的事情，也能猜到大事不妙，何況林冲。說到底，林冲在內心深處，就是不願意面對這件事。一旦面對，就沒有退路了。所以，林冲還是替自己找了臺階：「我找陸虞候找了三五天都沒找到。也許搞錯了吧！」林冲太眷戀安穩日子，只要有一絲一毫騙自己的餘地，他就會騙下去。

但是騙也沒用，該來的還是要來。

最後林冲被逼上了絕路。這是《水滸傳》中極為經典的一個段落。紛飛的大雪之下，草料場在熊熊燃燒。山神廟內，林冲手持花槍；山神廟外，是三個要謀害他的人。這個時候，猙獰的現實暴露無遺，再沒有一點僥倖的餘地了。林冲退無可退，避無可避，只能挺槍而出，迎接自己的命運。他第一次施展武功，殺了陸虞候三個人。

林冲的表現非常凶狠，殺了人後，他把陸虞候的心剜[13]出來，還把三個仇人的頭割下來，頭髮結在一起，挽在手裡。原來那個溫文爾雅的林教頭消失了，如今站在大雪之中的是狂暴的復仇者。

「風雪山神廟」這段情節，很像另一個章回「大鬧飛雲浦」、「血濺鴛鴦樓」，武松也是被逼上絕路，開始一路狂殺。

在此之前，武松也殺過人，可沒有濫殺。他殺的都是傷害過自己的人。大鬧飛雲浦之後，他站在橋頭，躊躇片刻，然後開始無差別的殺人。在鴛鴦樓，他殺了十五個人，有十二個人是無辜的；在蜈蚣嶺，道童沒招惹他，武松卻為了「試刀」，衝過去就把道童腦袋砍下來。

大鬧飛雲浦之前，武松絕對不會幹這樣的事。武松在橋頭上的「躊躇」，就是他的黑化時刻。

武松在江湖底層混跡太久，見慣事情的黑暗面，而他的心腸本就比林冲要硬，所以一旦爆發，就格外的殘酷。相比之下，林冲畢竟有中產階層的底子，性格溫和得多。他的「山神廟時刻」就是武松的「飛雲浦時刻」。壓抑太久的憤懣瞬間爆發，殺人、剜

11 在邊遠地區管理徙流充軍罪犯服役的官吏。
12 看管囚犯的差役。
13 音同彎，用刀挖取。

心、割人頭。但他不像武松那樣濫殺無辜，多少還是守住一點道德底線。

剛開始逃亡的時候，他的脾氣確實變壞了，行為很粗野。他跑到人家草屋裡烤火，烤著烤著就非要喝人家的酒，人家不給，林冲便拿起花槍，把點著的柴火往人臉上一挑，老莊客的鬍子都燒著了。其他人跳起來阻止，林冲掄起槍桿，把他們都打跑了。林冲說：「都走了！老爺快活吃酒！」以前的林冲怎麼可能自稱老爺，這哪裡還有禁軍教頭的樣子？分明是流氓的口吻。

這些都說明林冲失控了，但是林冲再失控，也還有底線。他不像武松一槍戳死人家。他拿起花槍，還知道只能用槍桿打人，不能用槍尖戳人。而且事情過去以後，他很快清醒過來，氣也消了，又變回低調溫和的樣子。

哪怕在他生命中最黑暗的時刻，林冲也沒有徹底淪陷。這是他比武松正派厚道的地方。

雖然這麼說，但其實林冲對自己的道德底線，也守得很勉強。他後來走投無路，只能去梁山泊入夥。首領王倫不太想要他，非要讓他交納「投名狀」——下山殺個人。魯智深要是碰到這種要求，可能就破口大罵。但是林冲連猶豫都沒猶豫，一口答應下來：「這事也不難，林冲便下山去等。」然後，提著朴刀[14]就下山了，一心想要殺個過路人。

林冲有道德底線。但這就像他的愛情或友情一樣，說有肯定有，但不會太濃烈、太執著。有這個東西當然好，但如果妨礙他過安穩日子，那就算了。

林冲不光不執著道德，也不執著仇恨。

林冲最大的仇人就是高太尉。他害得自己家破人亡、妻子上吊。這種仇恨應該是刻骨銘心的。可是後來高太尉被捉上梁山，林冲見了他，「怒目而視，有欲要發作之色。」就像他當年對待高衙內一樣，用憤怒的目光嚴厲的批判敵人。然後「欲要發作」，但是沒有發作。表情猙獰一下，就沒下文。

《水滸傳》拍成電視劇時，不是這麼演的。導演覺得仇人相見，肯定分外眼紅，一定會有個大衝突。為了把故事編下去，他特意安排了一下劇情。宋江把林冲隔開，不讓他見高太尉。事後高太尉下山，林冲撲了個空，氣得吐血。

這就是導演想多了，因為林冲根本不是那樣的人。在原著，他見了高太尉，只會「怒目而視，有欲要發作之色」，這是在表示：我很生氣！這就像他拿解腕尖刀去太尉

14 出現於宋代，當時不許民間保存兵器，於是有人把大刀改為短柄的朴刀配掛腰間。由於朴刀用途廣泛，是闖蕩江湖的人常用的兵器。

府門口尋陸虞候一樣，這是個姿態，做給別人看，也做給自己看，如此而已。拉攏高太尉以求招安，這是宋江定下來的方針路線，是梁山的政治綱領。林冲如果跑上去喊打喊殺，怎麼跟宋江交代？梁山是他唯一的棲身之所，除此再無退路，按照林冲的性格，他不會去冒這個險。所以他只能用目光表示自己的立場。

他當然恨高太尉。但是這種仇恨，就像林冲這個人一樣，也就是五〇％濃度。他愛也不會愛得太熱烈，恨也不會恨得太決絕。心頭再千回百轉，最後也不過是暗夜裡的一聲長嘆：唉，算了吧！

林冲後來寫了一首詩：

仗義是林冲，為人最樸忠。江湖馳聞望，慷慨聚英雄。
身世悲浮梗，功名類轉蓬。他年若得志，威鎮泰山東。

這首詩只能說明一件事：林冲根本就沒搞明白自己是什麼人。

他仗義嗎？可能有一點。樸實？好像也有一點，說不定也有一點忠義。但也就只有一點而已。至於「英雄」、「威鎮」，肯定一點影子都沒有。林冲並不想當英雄，也不想威鎮什麼地方。他就想找個安穩地方，過安穩的日子，吃喝不愁，受人尊重，有份工作幹，有份薪水拿。

很中產階級的一份夢想。

我這麼說，並不是想指責林冲，說他窩囊、軟弱無能。事實上，林冲就是無數普通人的影子。他們有道德、心眼不壞、對人厚道，也有愛別人的能力。但是面對壓力時，他們會一步步後退。只要能安穩的過日子，他們會一點一點的捨棄自己珍貴的東西。只要不把刀架到他脖子上，他就會假裝歲月靜好。

至於刀會不會架到他脖子上，那就是碰運氣的事情了。

王進不是這樣。世界剛剛向他露出一點刀的寒光時，他就斷然選擇了逃亡。而林冲則是默默的等著，假裝一切正常，能拖就拖，能騙自己就騙自己，眼睜睜看著對面的刀慢慢出了鞘，慢慢的伸過來，慢慢的架到脖子上。

直到這個時候，他的第一反應還是哀求：如何救得小人，生死不忘！

刀回答：說什麼閒話？

2

世間最難得的東西，還是善良

——花和尚魯智深

本名魯達，豪爽直率，正義感強又重義氣。原為軍官，因替金翠蓮打抱不平，不小心打死人而被通緝，於是棄官出家。法名智深，因身上有刺花，而被稱為花和尚。

梁山好漢排行第十三，對應天孤星，為步軍頭領之首。

在《水滸傳》出場的人物裡，魯智深的心地可能是最光明的。他胸懷灑脫，行事自然，天性中的那份善良如明星朗月，給《水滸傳》中的黑暗世界帶來一絲光亮。

歷代評論者幾乎眾口一詞，對魯智深的評價都很高。我看到過的唯一例外，是中國作家吳閑雲，他對魯智深的解讀有點匪夷所思。在他看來，魯智深做什麼事都帶有壞心眼，救金翠蓮，是因為看上人家；打死鎮關西後逃亡，其實是尾隨金翠蓮；住到趙員外家，則是賴上人家了。

這哪是魯提轄，分明就是個胖大版的西門慶加應伯爵（皆為好色之徒）。其實這種猜測沒什麼道理，感覺就是想做翻案文章，噁心一下魯智深，讓讀者大吃一驚：原來魯智深竟是這樣的人？

魯智深當然不是這樣的人。

我們解讀經典小說，當然可以有自己的看法。但無論什麼看法，最終還是要落回到小說文本，不能腦補太多，更不能無限發揮。

我們就說「三拳打死鎮關西」那段。

魯智深聽說金翠蓮的事以後，怒不可遏，馬上決定出手相救。魯智深會這麼做，不是因為他看上金姑娘，這種猜測真是一點根據都沒有，你若說他看上林冲了，都比這種猜測可靠。

對此，現在網路上出現一種說法：魯智深打死鎮關西，不是為金翠蓮出頭，而是生氣一個屠夫居然起這麼霸氣的綽號，因為他說過：「洒家始投老種經略相公[15]，做到關西五路廉訪使，也不枉了叫做鎮關西！你是個賣肉的操刀屠戶，狗一般的人，也叫做鎮關西！」

看我用拳頭打死你！

其實只要仔細讀一下原文，就能明白這個說法不對。金翠蓮訴完苦情後，魯智深第一句話就是問：「你姓甚麼？在那個客店裡歇？那個鎮關西鄭大官人在那裡住？」要注意，這時魯智深並不知道鎮關西是誰，可他已經決定要管這件事了，否則他也不會出口就問雙方的住址。再說了，如果魯智深就是見不得一個殺豬的叫「鎮關西」，那打上門去就是了，又何必費這麼大的勁，先安排金翠蓮逃走呢

那麼，魯智深為什麼如此生氣？

說到底，魯智深就是見不得這種欺負女人的事。他對弱者有一種天生的同情。就

15 經略，始創於宋寶元年間，為了防西夏國的騷擾，而在道路邊設置的一轉官職，執掌幾路大軍。相公，是古人對經略的尊稱。

像後來魯智深路過桃花莊，救劉太公的女兒，也沒想那麼多，碰見就動手。所以，魯智深打死鎮關西，不是因為對方的綽號，哪怕鄭屠外號不叫鎮關西，改叫「老種經略門下走狗」，照樣逃不了一頓打。

在這方面，魯智深確實讓人產生深深的敬意。金聖歎有段評論就說得很好：「寫魯達為人處，一片熱血直噴出來，令人讀之深愧虛生世上，不曾為人出力。」世上確實有這種熱血之人，他們就如唐詩裡說的，「野夫怒見不平處，磨損胸中萬古刀」，我們不能用小人之心去揣度人家。

辦事憑直覺，心裡怎麼想就怎麼做

不過這裡面還是有一個問題：魯智深為什麼不調查一下？金翠蓮說：「此間有個財主，叫做鎮關西鄭大官人，因見奴家，便使強媒硬保[16]，要奴作妾。誰想寫了三千貫文書，虛錢實契[17]，要了奴家身體。未及三個月，他家大娘子好生利害，將奴趕打出來，不容完聚，著落店主人家，追要原典身錢三千貫。」

按照她的說法，鎮關西騙了色不算，還要詐財，欺負人算是欺負到家了。金翠蓮未必是在撒謊。《水滸傳》描寫的社會，本來就是司法黑暗、弱肉強食。一個本地惡霸欺負兩個無依無靠的外地人，確實也很有可能。不過這畢竟是金翠蓮的一面之詞。她說鄭屠虛錢實契，就真的是如此嗎？不管怎麼樣，至少也得聽聽鄭屠怎麼說吧？說不定故事版本就不一樣了。

可魯智深一聽就信，並沒有做調查。這一點就跟金庸筆下的角色丐幫幫主洪七公不一樣。都是路見不平行俠仗義，洪七公就謹慎得多：「老叫化一生殺過二百三十一人，這二百三十一人個個都是惡徒，若非貪官汙吏、土豪惡霸，就是大奸巨惡、負義薄幸之輩。我們丐幫查得清清楚楚，證據確實，一人查過，二人再查，決無冤枉，老叫化這才殺他。」

鄭屠的命不好，碰上了魯智深。要是活在《射雕英雄傳》裡，死之前至少還要走流程：今天來個要飯的打聽金翠蓮的事，明天又來個要飯的落實金翠蓮的事，說不定就能引起鄭屠的警惕。等洪七公過來要切十斤精肉臊子，鄭屠就不忙切肉，趕緊上前解釋，說不定就能逃過一劫。

16 意思是強迫做媒，包辦成親。
17 先簽定借約而不付錢。

可魯智深不是洪七公。他是火暴脾氣，根本不做調查，上來就找碴兒，存心要打鄭屠一頓。

在金翠蓮眼裡，鎮關西簡直是黑惡勢力的代表，如反派大魔王般的存在。可是鄭屠真碰見魯智深這樣的正經提轄，他就是賣肉的。鄭屠本來姿態就放得很低，魯智深再來個「奉著經略相公鈞旨」，代表首長前來要肉，他更是卑微到塵埃裡。魯智深讓他親自動手，把肉細細剁成肉末，他就老老實實的剁肉末；讓剁瘦肉就剁瘦肉，讓剁肥肉就剁肥肉。二十斤肉，生生剁了一個上午。

鄭屠並不知道前因後果，他就是單純的害怕官府，尊敬提轄。但魯智深既然想找碴，總能找到碴打他一頓。打的時候，鄭屠說：「打得好！」魯智深說：「你居然還敢嘴硬，我要接著打！」鄭屠求饒，魯智深說：「你要硬到底我就不打了，現在這樣反而更要打。」然後就把人打死了。

這讓魯智深也吃了一驚。他並沒有想打死鄭屠，原本只想替金翠蓮出口氣。

那麼鄭屠有沒有機會活命呢？其實也有。

鄭屠剛開始不明白怎麼回事。但魯智深打第一拳時，把事挑明瞭：「你如何強騙了金翠蓮？」這個時候，鄭屠要是馬上抓住機會，喊道：「萬萬沒有此事！提轄被騙了！」哪怕撒謊，也編出一套詞，那麼魯智深肯定會住手。

頂嘴沒用，求饒也沒用，你得跟他講道理。

我這麼說，是有根據的。在瓦罐寺的時候，魯智深就曾被別人的道理說服，當場住手。

當時，幾個老和尚對他說：有兩個壞蛋霸占了寺廟，趕走了眾僧，讓我們沒飯吃。魯智深一聽就信，轉頭找那兩個壞蛋算帳。這兩個壞蛋正和一個女人坐在那兒喝酒。魯智深闖進去，提起禪杖就想打。瓦罐寺的壞蛋比鄭屠聰明，趕緊抓住機會辯解：不是這樣的。是那幾個老和尚吃酒撒潑，將錢養女，趕走了長老，我們是來廟裡整頓紀律，主持正義的。

那身邊的這個女人怎麼回事呢？他們也有一套解釋：這位女施主家裡有困難，到寺裡來借米，我們招待一下而已，光明磊落，毫無邪念，你千萬不要多想。

魯智深一聽就住手了，反過頭來又找老和尚質問。老和尚說：他們吃酒吃肉，我們粥也沒得吃，你想想誰是壞蛋？魯智深覺得有道理，這才拿著禪杖又打回去了。

魯智深不是不講理的人，他能被道理說服。

他只是沒有反省的能力，沒有自我懷疑的能力。他心裡怎麼想，就怎麼做，做事憑直覺。

鬧場、凹錢、損幾句，只要看不順眼，他從不給面子

心裡怎麼想，就怎麼做，這種人寫到書裡挺可愛。可在現實生活中，要是碰到這樣的人，有時候也挺麻煩的。

魯智深剛出場的時候，就把打虎將李忠弄得非常難堪。

當時，魯智深遇到了史進。兩個人非常投緣，一見如故。魯智深說話也很客氣：「你莫不是史家村甚麼九紋龍史大郎？」「聞名不如見面，見面勝似聞名！」說著說著，就約著一起喝酒。魯智深走路時還特意「挽了史進的手」，一副很親密的樣子。光看這段，魯智深這個人的性格好像挺隨和，一見面就跟人這麼親熱。

但是畫風很快就變了。魯智深顯得隨和，只是因為他瞧史進瞧得順眼。對看不上的人，他完全是另一個樣子。

他們倆在路上遇到史進的開手[18]師父李忠，正在那裡耍槍棒，賣膏藥。既然碰見了，就一塊兒喝酒去吧。但是李忠捨不得馬上走，說：「待小子賣了膏藥，討了回錢，一同和提轄去。」魯智深馬上就變臉：「誰奈煩等你！」你去就去，不去，滾！

從這一刻起，魯智深就開始瞧不上李忠了。

李忠還是捨不得丟下生意，磨磨蹭蹭的不肯走。魯智深乾脆就把看客一把推開：「這廝們夾著屁眼撒開！不去的洒家便打！」

太不給面子了。

但更難堪的還在後面。三人喝酒的時候，正好遇到金翠蓮在隔壁哭。魯智深問明情況，就要拿銀子給金翠蓮。一摸，身邊只有五兩銀子，魯智深就讓他們倆也借點。史進有錢，給了十兩銀子。李忠摸來摸去，摸出二兩來銀子。

說起來，李忠做得也還可以了。你不能拿他跟少莊主史進比。一個打把式[19]賣膏藥的，跟你剛見第一面，就掏出二兩來銀子，還少嗎？李忠心裡頭可能已經在滴血了。

魯智深倒好，看看才二兩，就「丟還了李忠」，還要損人家一句：「也是個不爽利的人！」

你想想那個場景有多尷尬。

比方說你是個藍領工人，莫名其妙的結識一個壯漢。這個壯漢還特豪爽，酒桌上

---

18 開始學武。

19 意思指和別人拉關係，企圖讓人家贈送錢物，或利用各種藉口，向別人索取財物。

喝著喝著，就拍著胸脯說要資助山區的失學兒童，說完了指著你，讓你也掏錢。你一個月工資可能就兩千五，但為了面子，一咬牙掏出一千塊錢來。誰知道這個壯漢抖抖這一千塊錢，一把給你扔回來，還說：「看你那小氣樣兒！」太尷尬了。

而且不光李忠尷尬，史進也尷尬。李忠好歹是自己的開蒙師父，在酒桌上被魯智深這麼羞辱，史進看了心裡頭肯定不舒服。你把師父招呼過來喝酒，難道是為了讓對面的壯漢羞辱他嗎？李忠尷尬，史進尷尬，只有魯智深不尷尬。他從來不知道啥叫尷尬。因為他心裡怎麼想，就怎麼做，很少考慮別人的感受。

靈光一點，價值千金

心裡怎麼想，就怎麼做的人，在《水滸傳》裡還有一個，就是李逵，他比魯智深更沒有機心，做事全憑本能。

李贄特別欣賞李逵，覺得他很天真，為善為惡都不假思索，所以是「梁山泊第一尊活佛」。李逵確實天真，但他是個天真的野獸。就拿殺人來說，宋江殺人是為了野心，董平殺人是為了美女，孫二娘殺人是為了省包子餡。但李逵什麼都不為，純粹為了殺人而殺人，從殺人裡，他能體會到巨大的快感。這是一種原始的獸性。別看李贄拚命稱讚李逵，真要往他書齋裡放一頭李逵，讓他見識梁山活佛的手段，李贄就不會這麼說了。

所以說，光有「真」是不夠的，關鍵在於那是一種什麼樣的「真」。魯智深跟李逵最大的不同，就在於他本性善良，而善良才是真誠的根基。

關於這一點，我可以舉一個細節。還是在瓦罐寺，魯智深已經餓得頭昏眼花。寺裡的老和尚煮了粥，卻藏起來不給他喝。魯智深發現了，搶人家的粥吃。搶粥當然不好，但是下面有個轉折。魯智深剛吃了幾口，老和尚說：「我等端的三日沒飯吃，卻才去村裡抄化得這些粟米，胡亂熬些粥吃，你又吃我們的！」魯智深聽了這話，就撇下不吃了。

金聖歎讀到此處，隨手點評道：「實是智深不喜吃粥，非哀老和尚數言也。」金聖歎這個人才子心性，骨子裡畢竟是涼薄的，所以才會賣弄這種俏皮話。其實很明顯，魯智深就是可憐這些老和尚。人家說自己三天沒吃飯，他再餓也拉不下臉來搶粥吃。這是他天性善良之處。換上其他的好漢，我管你老和尚餓不餓，我先吃飽了再說。

要真說起來，魯智深做的事，有時候也挺混蛋的。比如他羞辱李忠那樣；在瓦罐寺搶人家的粥喝；五臺山，他一腳踢翻賣酒的人，搶人家的酒喝……一個人沒有自省能力，完全憑直覺做事，而自身力量偏偏又麼強大，那他多少會幹出點混蛋的事。但本性裡的那份善良，形成了一道底線，讓魯智深再怎麼也不會太過分。所以，他才會一聽老和尚的話，就放下粥不吃。

他會不假思索的幫助別人。要說動機也沒什麼動機，就是單純的看不過眼。就拿金翠蓮這件事來說，要是武松碰到了，理都不會理；林冲碰到了，最多嘆口氣，掏出幾兩銀子幫襯一下；宋江碰到了，會先掂量掂量金老漢有沒有幫的價值。只有魯智深，會氣得連晚飯都吃不下。

魯智深本來大大咧咧的，可一旦幫助別人，心就會變得特別細，生怕出意外。比如他安排金翠蓮父女逃跑時，生怕店小二攔截，就在客店門口找了個凳子坐下，一坐就是四個小時，非常有耐心。一直估摸著金翠蓮跑遠了，他這才起身去找鎮關西算帳。

他在桃花村救劉太公姑娘時，也同樣處理得滴水不漏。魯智深專門帶著劉太公去見小霸王周通，當面鑼對面鼓，說了一通入情入理的話，把金子、緞匹這些彩禮還了回去。周通也表示再不登門。但魯智深還不放心，又特意拿話擠周通：「大丈夫作事，卻休要翻悔！」周通沒辦法，只能「折箭為誓」。魯智深這才讓劉太公回去。

這就是善良。

魯智深的善良是如此的鮮明，就算是跟他合不來的人，也能感知到。李忠就跟魯智深合不來，主要是魯智深死活瞧不起他。兩人第一次見面，魯智深就羞辱他，說他不爽利，讓李忠氣得臉紅。第二次見面，李忠請魯智深到桃花山，還招待好吃好喝的，但魯智深還是嫌他小氣，居然捲了金銀酒器，偷偷跑走。

他們的關係算是很僵了。

可等桃花山真出了事，李忠第一個想去求救的人，還是魯智深。周通表示懷疑：「咱們和魯智深有過節，他肯來幫咱們嗎？」李忠笑了：「他是個直性的好人，一定會來的！」

李忠看人看得很準，魯智深果然來救他了。五臺山長老智真也本能的察覺到了這一點。

魯智深在五臺山出家時，智真念了一首偈語：「靈光一點，價值千金。佛法廣大，賜名智深。」後來，魯智深兩次大鬧五臺山，喝酒撒潑，把山門口的金剛塑像都給打碎了。可是長老智真卻堅持認為他日後必得正果，寺裡其他的和尚都不如他。長老這麼說，就是因為看到了魯智深心裡的那點價值千金的「靈光」。

這裡說的靈光，指的就是魯智深的善根。不思不慮，不加反省，骨子裡的善良就會自然湧現出來。

有些人受環境影響很大。境遇好時能保持一份體面，一旦環境變得凶險，就會暴露出陰暗面。可是魯智深不是這樣。他的善良就像李逵的嗜殺一樣，出自先天的本能。你就算把他放到武松的位置，魯智深也不會血濺鴛鴦樓，連殺十五人。他下不了手。

再好的人，都有虛榮的一面

魯智深也有世俗的一面。

比方說，他有虛榮心。魯智深見了林冲時，自我介紹：「洒家是關西魯達的便是。只為殺的人多，情願為僧。」這就是吹牛。他為什麼出家？不就是因為打死了一個鄭屠，怎麼就「只為殺的人多」呢？無非是因為這樣說，顯得自己很厲害。

他後來見楊志時，也有自我介紹。他不說自己「三拳打死鄭屠」，而是說「三拳打死鎮關西」。還記得當初魯智深怎麼說鄭屠嗎？「狗一般的人，也叫做鎮關西！」現在忽然追認人家是鎮關西了。

他問楊志時，卻是：「你不是在東京[20]賣刀殺了破落戶牛二的？」你殺破落戶，我殺鎮關西。這就是咱倆境界的差別。

而且魯智深也知道追求進步。他投奔大相國寺時，就非要做都寺[21]、監寺[22]這些高級主管，不肯管菜園子。人家沒辦法，就給他畫大餅：「假如師兄你管了一年菜園，好，便升你做個塔頭；又管了一年，好，升你做個浴主；又一年，好，才做監寺。」魯智深覺得有職場上升空間，這才肯去管菜園子。

但是魯智深有個好處，就是他不執著，用佛教的話來說，就是不「著相」。就像他要當都寺、監寺，並不見得真有多想當，感覺更像隨口一說。如同我們到攤販上買東西，就算沒覺得東西貴，也會隨口砍個價，主要是怕自己顯得傻，多少得走個流程。對方不肯降價，說幾句好聽的，也就付錢了。

魯智深也是這樣。人家隨便畫個大餅，魯智深也就隨便接了，並不執著。一旦出事，扭頭就走，毫無眷戀。

這就是禪宗所說的「平常心」。

但是魯智深並非對什麼都不執著，他對情誼就很執著。

在《水滸傳》裡，魯智深的感情可能是最熾烈的。從他對林冲的好就能看出來。我們還可以再舉一個例子。魯智深跟武松一起，到少華山去看望史進。結果到了，才知道史進被官府抓起來了。魯智深一聽就著急了。史進的搭檔朱武擺起酒來，慢條斯理的在那裡講。魯智深越來越焦躁，說明天就要去救人。武松堅決不同意，要回梁山搬救兵。魯智深大叫起來：「等俺們去山寨裡叫得人來，史家兄弟性命不知那裡去了！」

20《水滸傳》中提到的東京，地理位置相當於現在的河南省開封市。
21 掌理寺院雜務的僧人。
22 是寺院的高級管理人員，負責全寺的行政工作並主管財務。

轉頭又罵朱武：「都是你這般性慢，直娘賊，送了俺史家兄弟！只今性命在他人手裡，還要飲酒細商！」

別人不肯去，他自己也要去。第二天到了四更，魯智深就起床了。四更天就是現在的夜裡兩點多，天還沒亮。魯智深拿著禪杖、戒刀，一個人摸著黑趕路去救史進。

武松和朱武都覺得魯智深有點不可理喻，太魯莽了。其實這不是魯莽，而是關心則亂。他實在害怕史進死在牢房裡，所以一刻都捨不得耽擱。

他對誰好，那就真是實打實的好，豁出命的好。

魯智深終於懂了弱者的世界

正因為這樣，征方臘這場戰爭對魯智深打擊太大。

魯智深是梁山步兵十大頭領之首，一直衝殺在前，立過很多戰功。但他並沒有真實體會到戰爭的殘酷。他是勝利者，他的朋友們也是，他們一直都是勝利者，總是從戰場上活著回來。

可是到了征方臘時，情形急轉直下，一場場死亡接踵而來。就拿魯智深的朋友裡來說，史進在昱嶺關中箭身死，張青在歙（音同設）州城死於亂軍，孫二娘在清溪縣被飛刀射死，曹正在宣州城中箭身死，周通在獨松關被活活砍死。武松雖然沒死，也斷了一臂。

在此之前，魯智深從沒有真正見過朋友死在眼前的慘劇，也從沒有過這樣的無力感。這一切對他打擊太大了。

戰爭結束了。魯智深立了最後一個大功，生擒方臘。宋江勸他做官。他對宋江說：「洒家心已成灰，不願為官，只圖尋個淨了去處，安身立命足矣！」

宋江又勸他，既然不願做官，就到京城找個大寺廟當住持，也算光宗耀祖。

魯智深的回答是：「都不要，要多也無用。只得個囫圇屍首，便是強了。」宋江聽後，沉默不語。

只有透過這場戰爭，透過朋友接二連三的死亡，魯智深才理解了世界的殘酷。魯智深以前同情弱者，但他始終是站在強者的角度去同情弱者，現在他自己也成了弱者。這個世界跟他比起來，太龐大了，也太無情了。

征方臘之前，魯智深就像一個活在漫威英雄世界裡的人物。在那裡，可以一腳踢飛汽車，可以一躍越過懸崖，能救出朋友，一切永遠是有驚無險的。可到了征方臘時，他彷彿忽然來到現實世界。在這裡沒有奇跡，史進死了就是死了，武松殘了就是殘了，誰也無法抵禦殘酷的命運。

這個世界，讓魯智深心如死灰。

魯智深留在了杭州的六和寺。他在僧房裡睡覺，忽然聽到轟隆作響的錢塘江潮。他以為是敵人打來了，拿起禪杖，衝出去就要廝殺，結果看到的是洶湧澎湃的潮水。這一幕很有象徵意義：一個人拿著禪杖要和潮水廝殺。可誰又能真和潮水廝殺？魯智深死了。臨死前，他唸了一首頌子：「平生不修善果，只愛殺人放火。忽地頓開金枷，這裡扯斷玉鎖。咦！錢塘江上潮信來，今日方知我是我。」

這個頌子帶有強烈的禪風。如果我們用禪宗的角度去看魯智深，那他的一生就像禪師解脫的故事。喝酒吃肉，醉打金剛，也無非呵佛罵祖，無礙得道；一點靈光，剎那頓悟，便足以明心見性，破除無明。這是一種宗教式的解讀思路。

但是我還是寧願從普通人的角度去理解這段話。

在最後一刻，面對命運的怒潮，魯智深明白了自己是誰。他能倒拔垂楊柳，也能三拳打死鎮關西，他救過金翠蓮和劉太公的女兒，他是個路見不平拔刀相助的英雄，但不管他是多麼有力量，終究還是這個殘酷世界裡的一片浮萍。面對潮水，縱有禪杖在手，也無廝殺之處。

腔子裡的血噴在地上，就是噴在地上，你沒辦法把它倒回腔子裡；朋友死在你面前，也就是死在你面前，你也救不回他。死亡就是這個樣子。無常就是這個樣子。什麼是強，什麼是弱？「只得個囫圇屍首，便是強了。」

魯智深一輩子都用強者的眼光打量這個世界，最後一刻，他學會了使用弱者的眼光。能有這個轉換，說明骨子裡還是有情，還是善良。

寫完這段頌子後，魯智深坐在一把禪椅上，焚起一爐好香，盤起雙腳，左腳搭在右腳，就這麼安然去世。梁山所有人物裡，魯智深是死得最從容的一個。

宋江拿出錢來，給他做了一場風光的後事。所有人都來焚香禮拜，瞻仰這位花和尚。就連書中的反面大奸賊童貫，也都來拈香致意。大家都知道魯智深的好。

附近的大惠禪師為魯智深唸了一段法語：「魯智深，魯智深！起身自綠林[23]。兩隻放火眼，一片殺人心。忽地隨潮歸去，果然無處跟尋。咄！解使滿空飛白玉，能令大地作黃金。」解使就是「能使」的意思。能使空中飛滿白玉，能讓大地變為黃金，這是對魯智深最高的評價了。

作者終究還是偏愛魯智深，所以才給他安排這樣一個結局。可是誰又能不偏愛這個和尚呢？

23 古代稱聚集山林間反抗官府或搶劫財物的人。

3

奮鬥了二十年，我才能和你坐在一起喝咖啡

——及時雨宋江

為梁山泊義軍之首，字公明。渾號呼保義，因膚色黝黑，又被稱為黑三郎，重情重義且樂善好施，大名傳遍社會底層，甚至亮出名號就能讓草莽禮敬跪拜。

梁山好漢排行第一，對應天魁星。

在《水滸傳》的出場人物裡，宋江最不好講。因他的性格相當複雜，而且施耐庵寫到他時，特別喜歡用曲筆[24]。從字面上來看，施耐庵對宋江真是讚不絕口：「志氣軒昂，胸襟秀麗」、「濟弱扶傾心慷慨，高名水月雙清」，好詞兒跟雨點子似的，劈里啪啦的往宋江身上掉。但是一旦落實到具體的事情上，宋江又偏偏不像個好東西。

打個比方，我要是寫篇文章誇獎小明，說他是君子、滿腔熱血、一身正氣，實乃新時代的楷模、人類的榜樣。這麼誇啊誇啊，一路誇到小明趴在女澡堂窗戶……這樣一看，大家還會覺得小明是君子嗎？

宋江就是個謎一般的男子。首先，他的經濟狀況就很讓人迷惑。很多人都在討論這個問題：宋江哪兒來的這麼多錢？宋江一出場時，書裡這麼介紹：

平生只好結識江湖上好漢，但有人來投奔他的，若高若低，無有不納，便留在莊上館穀，終日追陪，並無厭倦；若要起身，盡力資助。端的是揮霍，視金似土！人問他求錢物，亦不推託。且好做方便，每每排難解紛，只是周全人性命。時常散施棺材藥餌，濟人貧苦，賙人之急，扶人之困，以此山東、河北聞名，都稱他做「及時雨」。

「視金似土」，可是宋江哪來那麼多金？我也想視金似土，然而經濟條件根本不允許。

江湖上跟宋江齊名的是小旋風柴進。但柴進是大貴族，住著超級豪華大莊園，家裡還藏著誓書鐵券[25]，視金似土很正常。而宋江的出身背景，也就只是鄉村富戶，他爸宋太公的那點錢，不太可能供他「視金似土」的揮霍。至於宋江自己，不過是押司。

所謂押司，並不是什麼正經幹部。按照編制來說，它不是官而是吏。在當時，官和吏的差別很大。官大多是科舉出身，考試考出來的，好不尊貴體面！吏，就屬於雜牌軍，地位很低，縣官一不高興就可以把他們拖翻了打板子。

當然，押司地位雖然不高，但畢竟負責文書案卷，確實可以透過手中的權力撈點油水。但一個小小的鄆城縣，那點油水夠宋江折騰嗎？

我覺得夠嗆。

宋江的「及時雨」名聲從哪裡來呢？

要回答這個問題，我們先看看另一個人物：《隋唐演義》裡的秦瓊。宋江叫「山

24 寫作中，委婉表達的手法。
25 始於漢代，是天子頒發給功臣、重臣的一種帶有獎賞和盟約性質的憑證。

東及時雨呼保義宋公明」，秦瓊的名號更厲害，叫「馬踏黃河兩岸，鐧打三州六府，雄震山東半邊天，交友似孟嘗，孝母賽專諸，神拳太保秦叔寶」，唸一遍都能練肺活量，整個綠林沒有不買他帳的。

可是，秦瓊的實際身分，不過是歷城縣的馬快班頭，比宋江的地位更低。

這就出現同樣的問題：一個馬快班頭，憑什麼威震山東半邊天？「交友似孟嘗」，孟嘗君養客三千，秦瓊又哪來的錢去似人家？

說到這兒，就要提到作者的心態了。他們描寫的雖然是黑道，但終究還是仰慕白道。黑社會的英雄最好能跟官府沾點邊，這樣顯得高級。如果黑老大一出來就是個土匪，像隋唐十八好漢之一單雄信那樣，說起來好像總缺點什麼，顯得不那麼上檔次。但怎麼跟官府沾邊呢？你讓一個兩榜進士出身的官員當黑老大，實在有點說不過去。比方說，宋江進京趕考，好不容易當上知府，卻專愛使槍弄棒，招納江湖好漢，終日談些殺人放火的勾當，那聽上去就不像話。施耐庵也不可能這麼寫。

所以，宋江只能是吏，秦瓊也只能是班頭。在古代，黑道可能會滲透到白道，而滲入的孔徑，就是這些吏。官終究隔了一層，吏才是黑道和白道最可能直接發生交集的地方。而且古代的吏，在民間的力量也是很強大的。

古裝影視劇裡描寫的都是大人物，動不動都是王爺宰相、皇上娘娘。我們看多了，就不把押司當回事。但是古代老百姓眼裡，押司是他們日常能接觸到的最高領導。平時他們見不著真正的官兒，押司就代表著官府，一言九鼎，有「殺人活人」的能量。品級再低，也比綠林人物高出一頭。

所以，宋押司名動江湖、秦班頭威震山東，他們聽了，並不覺得有什麼不合理。古代的點評者對此都沒有什麼質疑。反而到了現代，大家看皇上、宰相多了，就開始懷疑：宋江哪裡的錢？哎呀，一個小小的押司，怎麼配當及時雨？

怎麼配，怎麼配，真活在那個時代，看人家押司不整死你！

打好名聲，不光是拿錢做好事

而且從書中的情節看，宋江當及時雨，也不一定花很多錢。

我們還是拿秦瓊來比較。秦瓊開始也沒太多錢，但他事情做得漂亮，能讓人感動，所以幾件事下來，名聲就傳開了。這就像現在的微博熱搜，並不是越重要的事越容易上熱搜，有時候老大爺碰瓷也能上榜。

這種事的關鍵不是規模，而是話題性和傳播性。

柴進出名就靠拿錢堆規模。誰來都招待，甚至還生怕人家不來，還安排周圍的酒店勸人家來。像林冲這樣有頭有臉的人物，來了當然是殺羊治酒，大排宴席。就算是沒名氣的，一見面也是先給十貫錢，一斗米，不願走的就在莊園裡養著。武松就在他家裡待過一年多。

但別看柴進花錢多，效果卻不一定好。他這個人是少爺羔子脾氣，喜歡不喜歡，都掛在臉上。就像他養了武松這麼長時間，心裡卻厭煩人家，見了武松連名字都不叫，張嘴就是「大漢」。這不是花錢買冤家嗎？

再看人家宋江，一見武松，就兄弟長、兄弟短的叫，當天晚上「就留武松在西軒下做一處安歇」，接著又給武松做新衣裳（當然，最後還是柴進掏的錢），又要給人家送行。送行那段寫得特別細。

宋江陪著武松走了一程又一程，武松幾次說太遠了，不要送了，宋江還是戀戀不捨，說再走一段，一直走到太陽落山，還捨不得分手。到了離別之際，宋江非要塞給武松十兩銀子。武松推辭，宋江說：「你若推卻，我便不認你做兄弟。」最後武松走了，宋江站在原地，一直到看不見武松了，才轉身回去。宋江做得真是到位。人都是感情動物，架不住別人這麼對你好。不要說武松，換成我，我也感動。

你說這能是錢的事兒嗎？柴進養了武松一年多，武松的飯量大，所以柴進花的錢絕不止十兩銀子。何況武松臨走的時候，柴進也送了些金銀，但武松客氣了一句：「實是多多相擾了大官人！」然後扭頭就走了。錢花了，感情工作沒做到位，武松並不念他的好。他心心念念的就一個宋大哥。

這就是做人的差距。

所以宋江不需要花太多的錢。幾件這樣的漂亮事做下來，大家一宣傳，說不定就會觸發輿論的引爆點，登上江湖熱搜榜。大家就都知道山東有個「及時雨」宋公明。

宋江不知道自己名字分量有多大

江湖上一說「山東及時雨」，就如雷貫耳。但這裡就有了一個問題：宋江名頭這麼大，他自己知道嗎？

從書裡的情節看，他知道自己有名，但應該不知道自己這麼有名。不光他不知道，他周圍的人也不知道。

比如他的同事朱仝、雷橫，跟他關係都不錯，卻沒把他當成個大人物。再比方說吳用，他是本地人，又一心想往黑社會發展，按理說應該主動結交宋江才對。可吳用跟宋江居然從來沒見過面。宋江的頂頭上司鄆城縣知縣，對此好像也一無所知，對他來說，宋江一邊當押司，一邊當黑社會老大，一旦出了亂子可能會連累自己，可知縣對此入了縣衙內部。

居然毫無防範，反而「和宋江最好」，所以，他多半不知道黑道上的「及時雨」已經打入了縣衙內部。

至於宋江本人，他當然知道自己是「及時雨」，但他也不知道這名號在江湖上如此響亮。這也不奇怪。在殺妻子閻婆惜之前，宋江並沒出過遠門，而周圍的人也沒怎麼把他當盤菜，所以他自己並不清楚自己的分量。

他出事以後，流落江湖，在清風山被人捆翻，要剖心肝下酒。這個時候，宋江無意之中說了一句：「可惜宋江死在這裡！」對方聽到「宋江」二字，大吃一驚，連忙把自己身上穿的棗紅襖脫下來，披在宋江身上，請他坐在虎皮交椅上，然後納頭便拜。

宋江也大吃一驚：沒想到自己這麼出名！

他無意中說出的那句話，並不是故意亮出名號，嚇倒對方。因為下次在潯陽江上，他碰到了張橫。張橫拿著刀問他是要吃餛飩還是板刀麵[26]，宋江並沒有一邊偷眼打量對方，一邊長嘆：「可惜宋江吃了餛飩！」相反，他哭哭啼啼的就要往水裡跳。

這說明他還是沒意識到：「宋江」兩個字能救命。

他已經是威震黑道的老大了，自己卻不知道。這聽上去好像很離奇，但是在資訊閉塞的古代，是完全可能的。

攢黑道資源，不是為了造反，是想升官

但是這裡還有一個問題：宋江為何要當及時雨？他打算用黑道的資源幹什麼？

我覺得正確答案是：他也不知道。

宋江確實有野心。他在潯陽樓寫了一首詞說：「自幼曾攻經史，長成亦有權謀。恰如猛虎臥荒丘，潛伏爪牙忍受。」黃文炳看到這兩句詩，說「那廝也是個不依本分的人」。這個評價很準確。宋江確實不安本分，很想往上爬。

但問題是：宋江就算一肚子野心，也沒什麼用。在宋朝的官吏制度下，他很難升上去。宋江是個吏，這個出身決定了他再怎麼折騰也白搭。吏的發展空間很窄，幾乎沒有機會變成官員。官和吏之間有座巨大的鴻溝。

明代有首情詩，叫《劈破玉》：「要分離，除非是天做了地！要分離，除非是東做了西！要分離，除非是官做了吏！你要分時分不得我，我要離時離不得你，就死在黃

26 板刀麵和餛飩是江湖黑話，前者是被船夫拿刀砍了，落個屍首不全；後者則是不用船夫費事，自己跳到湖中，落個囫圇屍首。

泉也，做不得分離鬼。」情人起誓都拿官和吏說事，可見兩者差別有多大。

《水滸傳》的故事發生在宋朝，情形稍微好一點。當時有一種制度，叫「流外銓[27]」，極少數的吏可以透過這種途徑，成為有編制的官。但就算吏當了官，品級也非常低，一輩子也不會有大出息。

如果換成林冲或者武松，對此可能就很滿意了。可宋江不行，他念念不忘的是「封妻蔭子[28]」，可你什麼時候見過押司能封妻蔭子？他註定要在官場最底層混一輩子，不可能飛黃騰達。

既然正式的上升空間被堵死了，宋江就本能的尋找其他的資源。一個吏能找什麼資源？他要是覥著臉往宰相蔡京[29]跟前湊，沒到門房就被趕出來了。宋江唯一能積攢的資源就來自黑社會。所以，宋江就拚命的積攢黑道的資源，當起了及時雨。

但是攢這種資源有什麼用呢？他難道是想造反，然後被招安？

宋江膽子也還真沒那麼大，想法也沒那麼遠。晁蓋幾次拉他入夥，他都堅決不肯。金聖歎評論：這是宋江扭捏作態，自抬身價。這真是冤枉宋江了。

順便說一句，金聖歎對宋江偏見實在太深，宋江只要一張嘴，他就說「權詐」、「醜」、「醜極」。為了醜化宋江，金聖歎甚至不惜改動原書文字。比如李逵取母殺虎那一段，原著裡寫：

李逵訴說取娘至沂嶺，被虎吃了，因此殺了四虎。又說假李逵剪徑被殺一事，眾人大笑。晁、宋二人笑道：「被你殺了四個猛虎，今日山寨裡又添的兩個活虎上山，正宜作慶。」

金聖歎覺得這麼寫太便宜宋江了，於是改動了文字：

（李逵）訴說假李逵剪徑一事，眾人大笑。又訴說殺虎一事，為取娘至沂嶺，被虎吃了，說罷，流下淚來。宋江大笑道：「被你殺了四個猛虎，今日山寨裡卻添的兩個活虎，正宜作慶。」

明明宋江笑的是殺李鬼、殺猛虎，而且笑也是跟晁蓋一塊兒笑。到了金聖歎這兒，

27 諸司吏員出缺，可透過考試選補。
28 舊時稱人貴顯之語。表示妻子因丈夫受封典，兒子因父親受護襲位。
29 蔡京、高俅和童貫並稱水滸三大奸臣。

輕輕一改，宋江就變成了個畜生，聽說人家母親被老虎吃了，居然哈哈大笑。其實宋江固然狠毒，卻並沒有下作到這個地步。

同樣，晁蓋邀他上山時，宋江不願意就是不願意，並不是像金聖歎說的那樣，是虛偽做作。閻婆惜威脅宋江，說要告發他私通強盜，宋江急得都能殺人，這要是做作的話，金聖歎你做一個讓我看看？

宋江確實不想上山落草[30]。既然宋江不想造反，他積攢黑社會的資源幹什麼？宋江也不知道能幹嘛。但這是他唯一能積攢的資源，既然這樣，那就先攢下來再說。這是一種本能的反應。就像你落難到了荒島上，看見地上一塊金子，你也會撿起來。荒島上又沒銀行，又沒商店，金子有什麼用？不管，既然是金子，就撿起來再說。

宋江的人生轉捩點：殺妻

但跟黑社會來往有風險。

果然出事了，宋江聽到閻婆惜威脅要告發他，情急之下就殺了閻婆惜。

閻婆惜是他的外宅，用現在的話說，相當於宋江包養的情人。閻婆惜一家三口到鄆城縣賣唱，不料閻婆惜的父親忽然病死了，連買棺材的錢都沒有，就託人求宋江。一開始，宋江確實沒別的心思，習慣性的幫了她們一把。後來閻婆惜的媽媽閻婆，想把閻婆惜許給他，宋江就動了色心。

這種提議，要是換成林冲，肯定是搖搖頭走了；換上魯智深，說不定就要翻臉。而宋江居然含含糊糊的答應了。施耐庵還站在一旁替他解釋，說宋押司「於女色上不十分要緊」。不十分要緊，那還是有點要緊唄。

而且大家要注意一件事：閻婆惜是典給宋江，有賣身契。這個賣身契就攥在宋江手裡。後來，閻婆惜威脅宋江，提出的第一個條件就是把賣身契還她。

這就不像及時雨了。什麼時候你聽說下完雨，還管莊稼要賣身契的？

還有一件事也很噁心。

宋江殺了閻婆惜後，想逃跑。閻婆一把扭住他，大叫：「有殺人賊在這裡！」這時冒出來一個賣糟醃的唐牛兒。他不知底細，扯住閻婆，替宋江解圍。宋江一溜煙跑了，唐牛兒卻受了牽連。知縣非說他故意放走凶犯，脊杖二十，刺配五百里外。

30 淪落山林為盜匪。

當年智取生辰綱[31]時，白勝被抓以後出賣同伴，成了可恥的叛徒，晁蓋還花錢出力把他救出來；唐牛兒替宋江解圍，吃了官司，按理說算是宋江的恩人。但宋江到梁山當老大以後，管都沒管唐牛兒：刺配就刺配，關我何事。

你幫過他，宋江記不住。但你要得罪過他，他絕不會忘。在江州，黃文炳舉報他寫反詩，差點要了他的命。宋江就不惜代價也要報復。當時梁山好漢剛劫了法場[32]，逃出生天，宋江就要他們到無為軍[33]，殺黃文炳報仇。晁蓋覺得不妥，出面阻攔，說：剛大鬧了一場，官府已有準備，這個時候追殺黃文炳，弟兄們容易出事。

宋江可不管這個。兄弟們再容易出事，也得替我報仇。結果硬生生殺到了無為軍，把黃文炳凌遲處死。

宋江骨子裡就是這麼個陰毒的人，記怨不記恩。回過頭來還說殺閻婆惜這件事。在《水滸傳》裡，司法雖然黑暗，但碰到人命官司，處理起來還是比較嚴肅的。最多判得輕一點，但不可能不處理。所以，既然宋江殺人了，自然沒辦法當公務員，只能亡命天涯。這是他第一次真正踏入江湖。

這次江湖之旅是宋江人生的真正轉捩點。他漸漸意識到自己的名聲原來很響亮，赫然是綠林上的一面旗幟。除此之外，他還感受到掌握千百人生死的快感。

知寨[34]劉高陷害宋江，宋江組織反攻，拿下清風寨，殺了劉高一家老小。此外，他還幹了一件喪盡天良的事：為了騙五虎將秦明入夥，他派人假扮秦明去殺人放火，把一大片地方燒成了瓦礫堆，「殺死的男子婦人，不計其數」。結果官府以為秦明造反了，殺了他全家，還把秦明妻子的腦袋砍下來，挑在城頭上。

以前宋江只是一個小吏，跟在知縣屁股後頭轉，現在一聲令下，就可以屠城滅寨，這給宋江帶來的心理震撼可想而知。

而他天性中奸險狠毒的一面，也逐漸顯現出來。如果沒有這次亡命之旅，宋江可能一輩子就待在鄆城縣，白天慈眉善目，誰都以為他是個大好人，晚上躺在被窩裡感嘆自己「恰如猛虎臥荒丘」，發發牢騷。也就這麼過一輩子了。

可是現在一切都不同了，他開始嚮往一個更廣闊的世界。

但宋江還是有點動搖。

---

31 《水滸傳》中的故事情節。楊志奉命押運生辰綱，途經黃泥岡，被吳用、晁蓋等人用計劫走。

32 《水滸傳》第四十回內容。宋江因酒醉在潯陽樓牆壁上題了反詩，被黃文炳舉發、被江州知府蔡京的兒子蔡九判處死刑。正準備行刑時，梁山泊英雄在智多星吳用的策劃下，大鬧江州法場，前來劫走了宋江。

33 宋朝的行政區之一。

34 非正式官職，可看做宋朝時巡檢的官員。

他本來打算帶著銀槍手花榮、秦明投奔梁山，不過心裡多少還是猶豫，捨不得白道。這時，他就站在官府和梁山的交界線上。哪邊拉他一把，他就可能倒向哪一邊。結果宋太公拉了他一把，給他寫了一封家信，把宋江拽回到了鄆城縣。

宋江的下跪指南，不是窩囊，是仁義

鄆城縣不知道他在清風寨幹的好事，所以只追究殺閻婆惜一事，把他發配到江州。宋江也接受了判決，老老實實到江州服刑。半路上晁蓋再次邀請他入夥，他斷然拒絕，表示要洗心革面，做個良民。

當時，宋江確實也這麼想。不管他怎麼豪強，內心深處始終有「鄆城小吏」的影子，這個影子時不時會占上風。現在就是這樣。他在理性上決心當良民，並不意味著感情上就不憋屈。要是沒有上次的逃亡之旅，可能還好受點。但宋江已經嘗過鮮血和權力的滋味。他是吃過人的老虎，在牢籠裡會加倍的難受。

於是，他喝醉了，在牆上寫了一首詩、一首詞。其中最要命的一句話是：「他時若遂淩雲志，敢笑黃巢不丈夫！」黃巢是唐末造反的領袖，屠廣州、陷長安，席捲萬里，殺人無數，宋江覺得自己比他還厲害。在醉酒的狀態中，老虎亮出了自己的獠牙。

黃文炳舉報這是反詩，官府決定把宋江殺頭。

這確實有點黑色幽默。宋江攻占清風寨，殺了劉知寨滿門，也殺了青州的幾百男女，又俘虜高級軍官，什麼事都沒有，最後卻因為寫了首詩要被殺頭。這就好比一個連環殺人犯作奸犯科、血債累累，沒人管、沒人問，最後發了場酒瘋，被槍斃了。

這上哪兒說理？

這件事出來以後，宋江再也沒有退路。他只能去梁山，當他的黑社會老大。但是宋江憑什麼能當上老大？僅僅因為他仗義疏財，人緣好嗎？當然不是。

《水滸傳》的讀者，往往有個錯覺，覺得宋江就像劉備和唐僧，有點窩囊。公平的講，宋江確實有窩囊的地方。比方說《水滸傳》是個強盜世界，他卻偏偏不怎麼會武。施耐庵說宋江「只愛學使槍棒」，連女色都耽誤了。但整本《水滸傳》裡，好像除了閻婆惜，誰都能打翻宋江。我甚至覺得他都不一定打得過王婆[35]。

就宋江這樣，居然還教徒弟呢。孔明、孔亮二人好學槍棒，宋江就住在他家指點。宋江真敢教，他們倆也真敢學。

35 開一茶坊，併兼做媒婆、接生婆等工作。為西門慶設計勾引潘金蓮。

結果徒弟孔亮碰見了武松。武松都沒真打，手隨便撥了一下，就把孔亮撥倒了，「恰似放翻小孩兒的一般」。這是徒弟，師父宋江更慘。他在潯陽江碰見了張橫。人家拿出一把刀，問他吃餛飩還是板刀麵。宋江連反抗的念頭都沒有，只會求饒。人家不答應，他就老老實實的往江裡跳。

你說宋江這女色耽誤得多冤？何必呢。

不會武功倒也罷了。讀者覺得宋江窩囊，還有一個原因，那就是他動不動就下跪。有一段情節最刺目：

晁蓋眾人從江州把宋江救出來，殺翻了幾千人馬，趕回梁山。結果路上忽然閃出四個強人，帶著三五百小嘍囉，攔住去路，指名道姓要留下宋江。

大家還沒說話，宋江就很有擔當的「挺身而出」。不過他挺身，不是幹架，而是跪在地上，說：「小可[36]不知在何處觸犯了四位英雄，萬望高抬貴手，饒恕殘生。」

看上去似乎窩囊到家，其實並非如此。大家要注意一件事：宋江私下可能很窩囊，碰見強人會求饒。但在大庭廣眾之下，他只會在自己占據絕對優勢時，才給人下跪。比如小嘍囉們把秦明、關勝他們捆到旁邊，他撲通給人跪下，說：小可多有冒犯！或者像現在這樣，剛幹翻了江州幾千軍馬，碰見了一幫小土匪，他才會給人跪下，說：萬望高抬貴手，饒恕殘生！

這個時候實際情況是什麼？花榮已經拈弓搭箭在手，晁蓋、戴宗拿著朴刀，李逵拿著雙斧，團團簇擁著宋江，周圍還有梁山的小嘍囉。宋江處於絕對安全的地位，他發聲號令就可以幹掉對方。這個時候，他下跪就不再是窩囊，而是一種技巧。

我害怕，給你下跪，那是我窩囊。但我能輕而易舉殺你，卻給你下跪以避免衝突，那就不是我窩囊，而是我仁義。

你覺得宋江窩囊，可他身邊那幫梁山好漢，卻都不會懷疑宋江的凶狠。他給那幫小土匪下跪前發生過什麼？剛剛活剮了黃文炳！

活剮加下跪，這才是一套完整的組合。

再比如，攻打祝家莊時，宋江就和吳用商議，要把祝家莊盡數洗蕩了，不留一家。他們說起這個決定，輕鬆自如，沒有任何罪惡感。後來還是石秀求情，才饒了這一境人民。你能說宋江是一個窩囊的人嗎？

相反，宋江不是窩囊，而是陰毒，整本書裡也很難找到第二個如此陰毒之人。但是他確實有人格魅力，跟人相處的時候又豁達又體貼。無論是武松、李逵，還是戴宗、張

36 自謙詞。

順，對宋江都是一見傾心。這種魅力與生俱來，難以模仿，在整個梁山也是無出其右。

而且宋江確實有領導才能，組建團隊的能力極其強大，領兵打仗也是一把好手。很多人看《水滸傳》容易有種誤解，好像打勝仗都是吳用的功勞，其實完全不是那麼回事。吳用只是參謀，宋江的軍事指揮能力絕對是技壓群雄，一打一個準。晁蓋跟他一比，簡直就是廢物。

所以，他跟唐僧、劉備完全不是一回事。歷史上的劉備很厲害，但《三國演義》裡的劉備確實沒什麼本事，而宋江卻是整本《水滸傳》裡最有才能的人，天生的領袖。可惜宋朝的官吏制度發掘不了這樣的人才。他本領再大，也只能是個小吏，跟著鄆城知縣那個笨蛋混日子。

混過黑道的官，真能成為白道的一份子嗎？

官府雖然不賞識他，宋江對官府還是有一種發自本能的崇敬。但他談不上「忠」。若真忠於朝廷，還會私放強盜、屠戮官員、洗蕩城鎮？征方臘以後，朝廷轉過頭來想要對付他。李逵勸他造反，宋江回答：「軍馬盡都沒了，兄弟們又各分散，如何反得成？」這句話是很現實的技術性判斷。反過來說，如果軍馬跟兄弟都還在，咱們就造反。由此可見，大家批評宋江愚忠，真的是誤會他了。

他雖然不忠誠，卻對朝廷有一種真實的敬畏。在宋江眼裡，朝廷是一種超級強大的存在。不管他把朝廷的軍隊打敗多少次，也絲毫沒有懷疑過它的神聖與強大。對他來說，封妻蔭子還是有終極的魅力。

這一點在他鄆城當小吏時，可能就深深刻入腦海裡了。像晁蓋這樣體制外的人，很難想像這種情結。但是宋江擺脫不了。他最終的願望就是重返體制，讓體制提拔他、認可他。所以他千方百計的想被招安。梁山好漢對招安的態度不一：武松、李逵他們反對；戴宗、石秀他們支持；還有更多人沒明確態度。但就算是支持招安的人，也沒誰像宋江這般狂熱，說起招安來就眉飛色舞，激情澎湃。

為了被招安，宋江又是討好高俅，又是討好宿太尉，連皇上情婦李師師的路子都走。宋江坐在妓院裡頭表忠心：「義膽包天，忠肝蓋地，四海無人識。」結果忠心過頭，差點驚了皇上的房事。

最後，宋江終於如願以償，全夥受招安。他被封了個都先鋒，算是有了編制的官員。一個鄆城小吏，折騰了這麼多年，總算熬出頭來，成了個國家認可的領導。宋江要是見到了鄆城知縣，可能也會寫篇文章「奮鬥了二十年，才能和你坐在一起喝咖啡」。

可惜這只是一個幻覺。

這就像鳳凰男（按：出身清貧、辛苦考上大學，之後在城市生活工作的人）刻苦學習，混到了大城市，和本地小資一起喝咖啡，覺得階層突破了。結果，下班一推家門，就看見幾個農村親戚愁眉苦臉坐在客廳裡，等著借錢；晚上好不容易休息了，想上網開開心，結果一看最新熱帖是「嫁給鳳凰男以後，我這十年的辛酸路」。

所以，光坐在一起喝杯咖啡頂什麼用啊？

宋江自己覺得被朝廷接納了，要封妻蔭子了，可是人家根本沒把他當自己人。鄆城知縣官再小，也是自己人，宋江手下人馬再多，那也是異類。在高層官場上，宋江這種人就像混進雞群裡的鵝，顯得格格不入。

光是他的談吐就過不了關。官場上大多是正途出身的斯文人，說話有自己的那一套。可是宋江喝幾杯酒，就會「揎拳裸袖，點點指指，把出梁山泊手段來」。你想，同事一起喝酒，大家談的是風花雪月、花鳥畫、蘇東坡，結果出來個宋江，捋（音同囉）著袖子、拍著大腿：「兄弟在梁山的時候……」大家當然會側目而視。

但這還是小事，最關鍵的問題是他沒有背景。

在古代，官場上最重要的不是能力，而是站隊。站錯隊伍了，再有能力也白搭。而宋江談不上有沒有站錯隊伍，因為他根本就沒隊伍可站。所有的高級官員都跟他保持一定的距離。高俅和蔡京就不用說了，就連撮合宋江招安的宿太尉，其實也只是把他當槍使，沒真拿他當自己人。

其實這也正常。在朝廷眼裡，宋江這樣的造反頭領，有嚴重歷史汙點，必須防範性使用，哪有官員敢和他打成一片。其實朝廷看待宋江，就跟魯智深看待朝廷一樣：一件衣服已經染成黑色了，再怎麼洗也洗不白。宋江命中註定就是個「黑人」。

宋江也意識到這一點。他在征方臘時，看見有人玩空竹，寫了一首詩：一聲低了一聲高，嘹亮聲音透碧霄。空有許多雄氣力，無人提挈謾徒勞。

他四處拚殺，犧牲了無數兄弟，最後做到了楚州安撫使兼兵馬都總管。但實際上，他還是官場裡的另類。出了事，沒有一個人真會去幫他。

宋江作為一個最底層的小吏，拚命的奮鬥、攢資源，人也殺了，也冒險了，什麼缺德事兒都幹了，最後終於爬上了人生巔峰，實現了階層突破，可以體面的和人家坐下來一起喝咖啡了。結果卻是前所未有的孤獨。

他叛離了底層，卻融不進高層，成了懸在空中的邊緣人。「軍馬盡都沒了，兄弟們又各分散」，最後劈面而來的，是朝廷送來的毒酒。

宋江始終沒有明白一件事：宋朝那個環境容不下他的階層突破。他沒有機會，從來都沒有。那個世界不屬於他，他永遠也擠不進去。

崇敬官府，只想以官員身分死去

臨死前，他做了最後一件事，毒死了李逵。

這並不是因為他對朝廷有多忠心。他只是明白實力懸殊，已經沒機會造反了，但是李逵很可能還會去嘗試。一旦李逵造反，就算自己死了，也會被認為是主使者。

宋江不願意這樣。反正都是死，宋江想以「武德大夫、楚州安撫使兼兵馬都總管」的身分死去。就算他沒能真正擠進那個高貴的世界，也想留在那個擠進去的幻象。而這個身分，就是最好的象徵。宋江臨死前的舉動算是對高貴世界的最後獻祭。

他反抗過它，挑戰過它，但最終，他還是崇敬它。

宋江是個狠毒狡獪的人。他殺過好多無辜百姓，滅過好多人的門，害得秦明、盧俊義他們家破人亡，甚至還指示李逵殺害過孩童。但是在最後一幕，他邀李逵和自己一起葬在蓼兒窪[37]。他說已經去看好了，蓼兒窪的風景和梁山泊一般無二，「言訖，墮淚如雨」。這一刻我們幾乎忍不住同情這個用一生去追逐夢幻的宋押司。

37　山東東平湖的古稱，是《水滸傳》中八百里水泊唯一遺存水域。

4

纏繞在大樹上的一根藤蘿

——智多星吳用

精通兵法奇謀，滿腹經綸、智比諸葛。智激林冲殺王倫、立晁蓋為主，自己則成為梁山泊首席軍師。晁蓋死後，幫助宋江坐上梁山寨主。

梁山好漢排行第三，對應天機星。

在《水滸傳》一書中，有幾個人物性格最複雜，第一是宋江，第二是武松，第三個就是吳用。

吳用看上去人很溫和，書上說他「眉清目秀，面白鬚長」，一副人畜無害的樣子，而且他脾氣也好。整本書看下來，就沒見他跟誰吵過架。梁山好漢多少都有點怕宋江，但很少有人怕吳用。比如征伐完王慶之後，李俊、張順他們打算重回梁山，但不敢跟宋江說，都來找吳用。

跟吳用談事情，大家普遍沒什麼心理壓力。

光看表面的話，吳用確實挺儒雅、正派。金聖歎並不喜歡吳用，但也承認他是「上上人物」，雖然有點狡猾，但終究「心地端正」。

但如果仔細推敲起來，金聖歎的這個評價並不可靠。吳用的心地其實一點都不端正，做事更談不上溫和。他跟宋江一樣，是個狠人。

就拿李逵劈殺小衙內[38]來說，這可能是《水滸傳》裡最殘酷、最缺德的一件事。一個四歲孩子，粉雕玉琢、天真可愛，卻被活活劈死。這件事具體下手的是李逵，做決定的是宋江，出主意的卻是吳用。宋江對朱仝解釋：「前者殺了小衙內，不干李逵之事；卻是軍師吳學究因請兄長不肯上山，一時定的計策。」

能定這樣的毒計，有可能是心地端正之人？

再舉一個例子，盧俊義在河北當大財主，沒招惹誰。吳用為了讓人家上山，非要定個計，「智賺玉麒麟」，把盧俊義弄得鋃鐺入獄、家破人亡，你能說這人心地端正？

書中還有一個例子，許多讀者可能都沒怎麼注意。宋江帶兵打仗時，還知道約束手下，別濫殺無辜。有一次宋江生病，吳用替他攻打大名府，破城以後就開始燒殺搶掠。作者寫了一段詩來描述當時的情景：

班毛老子，倡狂燎盡白髭鬚；綠髮兒郎，奔走不收華蓋傘。……踏竹馬的暗中刀槍，舞鮑老的難免刃槊。如花仕女，人叢中金墜玉崩；玩景佳人，片時間星飛雲散。……可惜千年歌舞地，翻成一片戰爭場。

最後大名府的劊子手蔡福實在看不下去了，找到柴進哀求：「大官人，可救一城百姓，休教殘害。」柴進拉著蔡福去找吳用，說：「咱們不能這麼殺人啊。」吳用這才下令停止殺人，這個時候「城中將及傷損一半」，事後官府清點損失，發現民間被殺死

38 指貴家公子。

者有五千多人，受傷的不計其數。

這不是控制能力的問題。吳用一聲號令，說不讓殺了，屠殺馬上就能停止。說明他能控制軍隊，他就是不在乎人命。也許他是想屠城立威，也許是想借此酬勞三軍，但不管出於什麼目的，都說明這是一個狠人。

而且吳用跟別人不太一樣。《水滸傳》裡的人物大多數是環境所迫才上的梁山。很少有人好端端的忽然想落草當強盜。可吳用不同，他一出場就渴望落草。

吳用本來是教書的，在村學裡給孩子上課。這個時候，碰上晁蓋，聽說了生辰綱的事。如果是一般人，遇到這麼大的事情，怎麼也得琢磨、考慮。晁蓋自己就琢磨好一陣子，猶豫不定，這才找吳用來商議，可是吳用想都沒想，第一反應就是：「好！我這就給你找人去！」態度比晁蓋堅決得多。

晁蓋搶劫生辰綱，只是想發筆財，並沒有上山當強盜的打算。所以等到生辰綱事發，晁蓋不知所措，事到臨頭了還在問：「卻是走那裡去好？」吳用馬上給出答案：「去梁山泊，當強盜去！」這條路他早就想好了，而且很可能這才是他的終極目標。

生辰綱七人組裡，對上山落草這件事，就數吳用最積極、最主動。那麼一個鄉村教師，為什麼對當綠林生涯有這麼強烈的嚮往？

推想起來，多半還是因為覺得懷才不遇。

大家都說「秀才造反，三年不成」，其實這個說法並不準確。在古代，失意秀才也是個很可怕的群體。中國歷史上有三次大規模的起義：黃巢、李自成和太平天國，其中兩次都是秀才領導。

農民造反，大多是碰上旱災、蝗災，或者苛捐雜稅太重，吃不上飯才造反。可是秀才不一樣，哪怕鍋裡蒸著饅頭，只要沒有官當，他可能都想造反。因為他受委屈了，懷才不遇，展眼望去，沒有求賢若渴的劉皇叔，只有滿滿一屋熊孩子，那麼請問：這個世界還有什麼存在的價值？

所以，我們可以想像那個場景：

晚月初上，一燈如豆，吳用老師手捧《論語》，坐在那裡出神，想到種種殺人放火、打家劫舍的勾當，不由得心潮澎湃……。

吳用的浪漫犯罪主義，往往出紕漏

那麼吳用到底有沒有才？說實話，還挺有才的。

現在網路上流行替人翻案，有些人把吳用貶得一錢不值，說他水準還不如「神機軍師」朱武，理由是征遼時，朱武能認出「武侯八陣圖」，吳用卻認不出來。但這個說法根本不成立。因為朱武就是單純的技術型人才，缺乏獨當一面的能力，綜合水準跟吳用不在一個檔次上。

吳用的能力很全面，政治、人事、軍事，都有一套。就拿軍事水準來說，他雖比不上宋江，但在《水滸傳》裡，也算頂級人物，不光能參謀，也能獨自帶兵作戰。當然，吳用也有短板。比如，他不擅長硬碰硬的作戰方式。吳用更願意搞策反、派臥底、下埋伏，然後裡應外合的打進去。這種作戰方式在征方臘時失靈了，吳用就傻住了。在杭州城下，他就給宋江出過昏著兒[39]，策劃派一支小分隊引出敵軍，然後其他人一起攻城。結果進攻時中了埋伏，害死了劉唐。這種硬碰硬的大規模集團作戰，確實超過了他的參謀能力。但就算這樣，吳用的表現也還是及格的。後來在烏龍嶺一戰，要不是他主動派兵接應，宋江就全軍覆沒了。

所以總體來說，吳用的水準不低，就算放到《三國演義》裡，至少也混上個一線參謀，給荀彧、郭嘉打打下手。

除了軍事作戰以外，吳用還特別擅長陰謀詭計、煽風點火、做假、騙人，在這方面，他絕對是「智多星」。不過，就像他在軍事上存在短板一樣，他在策劃陰謀詭計的時候，也存在短板。

吳用作為文化人，浪漫情緒有點嚴重，搞陰謀時也忘不了藝術。他不由自主的增加很多曲折環節，把事情弄得像阿嘉莎．克莉絲蒂[40]（Agatha Clarissa）的小說似的。

就拿智取生辰綱來說，吳用設計了一個很複雜的鏈條：我要用蒙汗藥酒麻翻[41]你們，要是你們不喝，我們就裝成販棗子的客商，先喝一桶給你看。如果你們還是不放心，那我們在第二桶裡也喝一瓢給你看。兩桶都喝了，蒙汗藥怎麼下呢？就在喝那瓢酒的時候，偷偷放進去。

聽上去是不是像《尼羅河謀殺案》？很出人意料。但這裡就有很多問題：

楊志他們看見客人後就走，怎麼辦？楊志他們看見酒就買，怎麼辦？

楊志他們偏偏不買，又怎麼辦？

楊志他們熱心的圍著酒桶不走，又怎麼辦？

只要有一個環節出岔子，楊志他們就挑著珠寶下了黃泥崗，吳用他們推著七車棗

39 不高明的主意或手段。

40 英國偵探小說作家，其著作至今翻譯成超過一百零三種語言，總銷售突破二十億本，公認的偵探小說女王，對英國偵探小說的發展有很重要的影響和富爭議的啟發。《尼羅河謀殺案》一九三七年出版，電影版於二〇二二年上映。

41 對他人下麻藥，讓他人陷入人事不知的狀態。

回家。七條好漢湊在東溪村，棗子就酒[42]，越喝越有。結果就是《水滸傳》全劇終。

當然，這些意外沒有發生。楊志最後上當了。但是吳用他們付出的代價很大。犯罪太藝術，就容易撿了芝麻丟了西瓜。本來可以悄悄進行的一件事，吳用非要推著七車棗子來回跑，還得住旅店，結果目標太大，讓何濤破案了。

打個比方，這就像犯罪分子設計一個複雜的密室殺人案，門窗毫無碰過的跡象，現場也沒有搏鬥痕跡，死者與外界也沒有任何接觸，所有邏輯線索都被掐得死死的。但是，犯罪分子對邏輯思慮過多，最後卻忘記蒙臉了。

結果員警來了，沒做任何邏輯推理，先把門口的攝像頭監控調出來看。刑警小張指著螢幕說：老何，你看這個犯罪分子是吳用吧？何清說：對，是吳用！一下子就破案了。

吳用策反盧俊義時，也犯了同樣的毛病。他非要裝算命先生，一兩銀子算一卦，等盧俊義算卦，他就說人家有血光之災，還要在人家牆上題什麼藏頭詩：

蘆花叢裡一扁舟，
俊傑俄從此地遊。
義士若能知此理，

反躬逃難可無憂。

萬一盧俊義橫著眼一看：「好畜生，敢在我家裡題反詩！小的們，與我將這廝拿了！」那怎麼辦？

一個好的計謀，環節不宜過多，各個環節之間的依賴性也不能太強。因為任何環節都有不可控因素，一旦某個環節沒有按計畫發展，整個鏈條就崩潰掉了。但是吳用忍不住把事情搞複雜。

他老是舉輕若重，做些蘿蔔雕花的工作，弄得形式大於內容，結果幾次出事都與此有關。最典型的就是那次偽造蔡京書信。宋江在江州被抓，梁山要用蔡京的名義，偽造一封信給蔡九知府。吳用大動干戈，務必要把這封信弄得盡善盡美。為了書法，抓了蕭讓[43]；為了印章，抓了金大堅[44]。

42 吃果品來下酒，是宋元時代較流行的酒食文化。而棗子最為大眾果品，也就順理成章成為宋人經常食用的下酒配料。

43 人稱「聖手書生」，擅長模仿蘇東坡、黃魯直、米元章、蔡京的字。

44 綽號玉臂匠，善於雕刻，亦會武術。

折騰了這麼大動靜，最後吳用才忽然想明白：這是封家書，弄得這麼完美反而不像了！而且最要命的是，吳用光顧著折騰那封信，卻忘了叮囑戴宗，要是蔡九知府問起來，該怎麼回答。

這可是最有可能發生的事情。按人之常情推測，蔡九知府很可能把戴宗叫來問兩句：「開封那邊怎麼樣啊？我爹還好吧？他老人家跟你說什麼了？」吳用光忙著蘿蔔雕花了，把主食給忘了。戴宗只能憑本能瞎編，可是他又沒見過什麼世面，越說越離譜：

——從京城的哪個門進去的？

——哎呀，我到京城的時候，天已經黑了，不知道是從哪個門進去的。到相府的時候，天更黑了，什麼都看不清。好不容易才找到了一個看門的，我把信交給了他。

——看門的長什麼樣？

——嗯，他的臉朦朦朧朧的看不清。

——有沒有鬍子？

——說不準，興許有點鬍子？第二天凌晨四點，漆黑一片，我摸黑來到相府門口。看門的把回信交給我，臉還是朦朦朧朧的看不清。

這哪是汴京的相府，簡直就是《聊齋》裡的鬼宅，就差戴宗取完信後回頭一看：不見府邸，唯見松楸蔽日，巨墳巋然。

蔡九知府當然不信，拖下就打，結果事情就露餡了。

這次失敗當然有戴宗的責任，但他畢竟只是執行者。說到底，還是吳用的文人浪漫主義情緒太重，形式大於內容，才搞出的紕漏。

吳用比晁蓋有才，卻做不了梁山主

雖然吳用有短板，但總的來說，他還是《水滸傳》裡最聰明的一個人，既有豐富的想像力，看事情看得也極準。

從一件事兒上，就能看出宋江和吳用的智力差距。梁山打敗高俅以後，高俅聲稱要替他們申請招安，帶了蕭讓、樂和[45]回開封。高俅會履行諾言嗎？宋江有點把握不定，吳用則斷言絕對不可能。他說高俅「折了許多軍馬，廢了朝廷許多錢糧，回到京師，必然推病不出，朦朧奏過天子，權將軍士歇息，蕭讓、樂和軟監在府裡」，所以還得另想辦法。後來事情發展果然是這個樣子。

45 善奏樂演唱，人稱「鐵叫子樂和」。

宋江看不準的東西，吳用就能看準。要單純看智商的話，他確實能碾壓宋江。

既然這樣，就引出來一個問題：吳用的智力更高，看問題更準，資格也更老，那為什麼梁山的首領不是他，而是宋江？

其實這是老問題。古代人也有類似疑問。他們詫異道，既然知識就是力量，為什麼做皇帝的沒有讀書人，反倒都是「世路上的英雄」？這裡說的，大致就是劉邦、朱元璋那樣的人，帶點光棍無賴氣。開國皇帝裡，往往是這種人居多，讀書人很少能成事。

這倒不是因為讀書人心慈面軟。就拿《水滸傳》來說，吳用施起毒計來，一點都不亞於宋江。那問題出在哪兒呢？

恐怕主要還是性格問題。

宋江會耍手腕，吳用也會耍手腕。但是宋江耍起手腕來，更多的是出於本能。他籠絡人心是一種本能，凶相畢露也是一種本能。比如他拉攏武松，就是出自一種本能，並不是思考後的結果。他要活剮黃文炳，也是出自凶殘的本能，並不全是為了借此立威。

我在上一章節提過一件事，宋江從江州殺回梁山，路上忽然出來四個山大王，點名要宋江出來。這個時候，宋江出來就跪那兒了。這就是本能。當時也沒有時間讓他從容思考，他憑著直覺就做了這件事。

吳用就不一樣。他骨子裡還是讀書人，做事總要前思後想。拉攏人前，要思考一番；害人之前，也要思考一番。遇事多想一想雖然好，但思慮過度，本能的力量就打了折扣。給人的感覺，好像總是隔了一層。所以，吳用身上就少了一種人格魅力。

我們還是拿他和宋江做比較。宋江跟李逵吃了一頓飯，稍加拉攏，李逵就成了他的鐵杆心腹，還可以為宋哥哥掉腦袋。而且這頓飯吃得如行雲流水，非常自然，誰也沒覺得宋江刻意的琢磨什麼。

再看吳用，他和阮氏三雄也吃過一頓飯。這頓飯吃得老費勁兒了。吳用每句話都仔細推敲過，謀篇布局，絲絲入扣。金聖歎批註時連聲讚嘆：此句用「反跌法」，此句「又圖一寬」，此句「又出一奇」。一頓飯吃下來，活脫脫一篇大文章。

但問題是人家是跟你吃飯，又不是讀你的大文章。吳用正著說、反著說、試探著說、高智商的說，說到最後，阮小二[46]忍不住了，直接問：「你是不是讓我們跟著晁蓋搶劫去？」

對，就是這個意思。

46 梁山水軍將領之一。與弟弟阮小五、阮小七和吳用、晁蓋、劉唐、公孫勝劫了生辰綱，被官府抓拿，阮氏兄弟在蘆葦港滅了官兵，一同上了梁山，成為水軍將領。

當然，最後是談成事了。但你要阮氏三雄為吳哥哥掉腦袋？怎麼可能嘛。

吳用思慮太多，意志上的力量就差了一些。他雖然好像八面玲瓏，但沒有人格感召力，無法激發別人的忠誠感。最簡單的說，他擺不平人家。

就拿李逵來說，好多人都帶李逵出過門。戴宗也好，燕青也好，都能把李逵治得服服帖帖。吳用貴為梁山大領導，卻擺平不了李逵。他跟李逵結伴去害盧俊義，李逵扮成他的道童，一路上把吳用折騰得夠嗆。吳用毫無辦法，只能坐在那兒抱怨：「你這廝苦死要來，一路上嘔死我也！」一個李逵都能把他嘔死，又怎麼能當梁山領導人？

吳用智力再高也沒用，這不是智力能解決的問題。我們很容易高估智力的重要性，其實在政治關係裡，性格和意志往往更重要。誰控制誰，首先是性格和意志的較量，其次才是智力的較量。吳用再聰明、再陰險，也只能退居幕後，把老大的位置讓給宋江這樣的梟雄。

晁蓋被宋江架空，全因吳用

吳用雖然做不了老大，但他在梁山的地位還是很重要。

他作為首席智囊兼梁山大管家，雖然自己當不了首領，可他的態度卻能決定首領能不能坐穩。我們都知道，晁蓋後來被宋江架空了。

宋江能架空晁蓋，當然跟個人能力有關，但其中也有一個關鍵因素：吳用倒向了宋江。如果吳用堅持站在晁蓋一方，宋江還真不好辦。

很多讀者因此對吳用不滿，說他出賣晁蓋，還說交朋友不能交吳用這樣的。其實這些說法並不正確。梁山泊又不是晁蓋的私人財產，吳用更不是他的奴才，憑什麼要無條件支持他？晁蓋胸無大志，宋江有能力和抱負，梁山集團在他手裡滾雪球似的增長，吳用又憑什麼不能支持他？

沒有這個道理。

晁蓋和吳用是最早的一對搭檔，一起斬荊披棘開創的局面。但到後來，吳用站到宋江陣營，兩個人關係鬧得很僵。晁蓋死了，吳用沒太傷心，也不怎麼積極報仇。一段友誼走到這步田地，其實也不能說是某一方的責任，主要還是由雙方的地位決定的。

吳用骨子裡還是個傳統書生。他渴望依附某個領導，好好輔佐人家。宋江是他理想中的領導，而晁蓋完全不是。那麼，他當然就站在宋江一邊。而反過來，宋江對他也是百分百信賴。他們倆一樣的狠毒、權詐，一樣希望梁山集團做強做大。他們是完美的搭檔，用現在的話說，簡直就是一對「靈魂伴侶」。

一個說：怎麼才能讓朱仝入夥呢？

另一個說：把朱仝看護的那個小崽子劈死，他就只能入夥了！

一個說：要不要害盧俊義呢？

另一個說：當然要害！不害人怎麼行？

不過這對「靈魂伴侶」的世界觀並不一樣。宋江是有理想的，他渴望封妻蔭子，名垂青史，被主流社會接納。但吳用不是。

要說理想，吳用好像也沒什麼理想，對國家也沒有任何忠誠。這些東西對他來說都無所謂。他是一個赤裸裸的機會主義者。在整個梁山泊，恐怕都找不到像吳用這樣毫無底線的人。

別人不滿意朝廷，最多是勸宋江重上梁山，吳用卻勸宋江投靠遼國：「設使日後縱有功成，必無升賞。我等三番招安，兄長為尊，止得個先鋒虛職。若論我小子愚意，從其大遼，豈不勝如梁山水寨？」用現在的話說，這是叛國啊。

就算古代的民族主義觀念沒現在強，人們也接受不了這種行為。強盜和漢奸畢竟不一樣。你寫《水滸英雄傳》，老百姓愛讀；寫《投遼英雄傳》，大家肯定是唾棄的。宋江也接受不了。這個建議太過分了，宋江當時就有點翻臉，話說得很硬：「軍師差矣！若從大遼，此事切不可提！」

投遼的話都說得出來，那吳用是不是一個徹頭徹尾的自私者呢？

倒也不是。

大家都覺得「自私」是貶義詞。自私當然不好，但一個人要想做到徹底的自私，還真需要一點獨來獨往的精神。吳用沒有這麼強大的自我，他依附性太強，就算想徹底的自私也做不到。他必須附著於某種東西上，把自我消融在裡面。

對吳用來說，這個東西就是梁山。再具體一點說，就是宋江。

吳用為何對宋江忠誠？因為那是梁山象徵

吳用並不是一個感情豐富的人，他內心很冷。

宋江是有感情的。征方臘時，將領們一個接一個的戰死，宋江經常是「哭得幾番昏暈」。張順死的時候，宋江甚至說：「我喪了父母，也不如此傷惱，不由我連心透骨苦痛！」這裡也許有一點表演誇大的成分，但難過也是真難過，並非偽裝。到了最後，宋江明顯情緒失控，軍事上的危險也顧不上，拚了命的往前打，就是要為兄弟們報仇。

所以說，宋江雖然陰毒狡獪，卻並非無情之人。

相比之下，吳用表現得很冷漠，一張嘴就是「今翻折了兄弟們，此是各人壽數」。當然，他為了勸解宋江，說這些話也可以理解。但是從頭到尾死了這麼多人，從沒見吳用有特別難過的時候。書上用最重的一個詞，也就是張順死時，吳用「傷感」了一下。

別看吳用溫文爾雅、和藹可親，但他的內心卻像是一片感情荒漠。他不怎麼在乎別人的死活。唯一的例外就是宋江。對宋江，他幾乎是奉獻了全部的忠誠。

故事發展到後來，很多人都選擇了離開。公孫勝走了，燕青走了，李俊更聰明，詐稱有病，帶著幾個兄弟跑到了暹羅國，成了那兒的國王。但是吳用始終跟著宋江。他毫不信任朝廷，按照他的智力，不會猜不到後面的劇情發展。他本應該找個機會全身而退，可是沒有。他老老實實跟宋江走到底。

有人說吳用看不透。其實吳用不是看不透，而是不捨得。宋江不捨得的東西，是被朝廷招安，是封妻蔭子。而吳用不捨得背叛宋江。這倒不是說他對宋江本人有多忠誠。像吳用這般狡獪冷漠的人，就算對宋江有點情義，也強烈不到哪兒去。說到底，他還是把宋江當成了梁山的象徵。

吳用所有的心血都花在梁山上。這個集團就是他的生命、他的靈魂。他可能不在乎宋江，但在乎梁山。如果梁山有人比宋江更適合當老大，他就會毫不猶豫的拋棄宋江，投靠那個人，就像他當年拋棄晁蓋一樣。人與人之間的情分，吳用不會太當回事。

但事實證明，沒有人能取代宋江。梁山在宋江帶領下走到了巔峰。既然這樣，宋江就代表著梁山。對於吳用來說，只要宋江不死，梁山就還活著。

宋江死了，吳用的精神世界也就崩潰了。他到宋江墳上，放聲痛哭，哭完就自殺了。梁山死了那麼多兄弟，他最強烈的感情也就是傷感。宋江一死，他連活都不想活了，這哪裡是私人交情的問題？

他只是覺得自己依存的世界消逝了。

李俊內心強大，可以為自己而活，一旦失望就揚帆碧海，再開天地。可是吳用不行。燕青的內心也很強大，可以挑著一擔珠寶，灑脫風塵，此生逍遙。可是吳用不行。他就像纏繞在大樹上的藤蘿，只能隨著宿主一起枯萎。

他聰明，狠毒，陰鷙，但他終究還是軟弱的。

5

權力的山峰上，沒有下山的道路

——托塔天王晁蓋

晁蓋不娶妻室，專愛結識天下的好漢，凡是有人來投奔他，他都熱情接待。原是梁山泊之主，後在攻打曾頭市時被史文恭的箭射傷，不治而亡。

晁蓋雖然不在梁山一百單八將之列，卻是《水滸傳》裡的一個起樞紐作用的人物。晁蓋打響了造反的第一槍。沒有他，就沒有後面的梁山大聚義。而故事剛發展到一半，晁蓋就戰死在曾頭市，宋江因此順利的接過梁山指揮權。所以，在人們眼裡，他帶有強烈的悲劇英雄色彩。再加上評論者往往厭惡宋江，嫌他虛偽多詐。相比之下，晁蓋就顯得比較質樸。所以大家幾乎眾口一詞，都說晁蓋是個俠肝義膽的大好人。

但晁蓋到底是不是個大好人呢？很難說，因為這取決於你站在什麼角度去看他。

比如，談到晁蓋的品格，很多人都喜歡舉一個事例。晁蓋剛到梁山做寨主時，山下有一批客商路過。晁蓋聽了很高興，問：「正沒金帛使用，誰可領人去走一遭？」阮氏兄弟自告奮勇。晁蓋就囑咐他們：「只可善取金帛財物，切不可傷害客商性命。」

很快，二十車金銀財物，四五十頭驢騾牲口，都搶回來了。晁蓋馬上第一句話就是問：「不曾殺人麼？」

沒有，客商跑得快。

晁蓋大喜：「我等初到山寨，不可傷害於人。」

看到這段，大家就說：「晁蓋真是好人，光搶劫不殺人！」但我覺得不能這麼看問題。首先，「初到山寨，不可傷害於人」，這話有點怪。金聖歎最喜歡憑個人喜好亂改原文。讀到此處，他也覺得古怪，就隨手改成了「我等自今已後，不可傷害於人。」

我們姑且不深究，就當金聖歎改得對，晁蓋從不殺人。但他們畢竟是在搶劫啊！當初晁蓋搶劫生辰綱時，擺出一套冠冕堂皇的理由，「此等不義之財，取之何礙！」可是路過山下的客商做點買賣，有什麼不義？晁蓋這麼一搶，人家說不定回去就得上吊了。

當然，我說這話顯得有點幼稚。晁蓋他們占山為王，不種地、不做工又不搶劫，就得餓死了。如果用山大王的標準看，晁蓋確實還算不錯。李忠、周通在桃花山搶劫客商，人家都跑了，他們還在後頭追殺，「有那走得遲的，盡被搠死七八個」。在同行的襯托下，晁蓋就顯得比較仁義了。

但我們不能把晁蓋拔得太高，什麼劫富濟貧、替天行道，都是沒影的事兒。晁蓋搶了二十車金銀財物以後，他可沒說：「哎呀，山下還有許多受苦的鄉親，我們要把這些財物分給他們！」相反，晁蓋他們直接瓜分這些財物。十一個首領均分一份，所有小嘍囉們再均分另一份。兄弟們要大塊吃肉、大碗喝酒，論秤分金銀，異樣穿綢緞，沒錢怎麼行？反正鄉親們窮習慣了，再忍一忍。

在這點上，宋江反而比他強不少。

宋江打下城池的時候，如果搶到的東西多，還會分一點給老百姓，而晁蓋從來沒這麼幹過。這一方面是因為晁蓋當家時，梁山沒那麼寬裕。另一方面，晁蓋也沒有這個意識。他沒有政治野心，所以不需要散發財物，來爭取民間輿論。梁山那面「替天行道」的杏黃旗[47]，是晁蓋死了之後才立起來的。

晁蓋和宋江完全不同。宋江一直想被朝廷招安、封妻蔭子、青史留名。晁蓋沒有這些打算。什麼封妻蔭子？晁蓋連妻室都沒有。宋江還有個「不十分要緊」的閻婆惜，晁蓋卻「不娶妻室，終日只是打熬筋骨」，當然也就談不上什麼封妻蔭子。晁蓋就想和兄弟們湊在一起，大塊吃肉、大碗喝酒，打熬筋骨，痛快過日子。對未來，他沒有任何長遠規畫。

晁蓋是個活在當下的人。

做事拖拉沒備案，晁蓋無法讓梁山有發展

晁蓋一出場就是搶劫生辰綱。

在電視劇裡，晁蓋似乎胸有大志，想揭竿而起，所以要搶這筆錢做啟動資金，「劫那生辰綱，也是為了大家能夠在一起做些事情」。這就是想多了，把晁蓋當成洪秀全。其實晁蓋的想法沒那麼長遠，他就是想弄倆錢花。

晁蓋花錢大手大腳，「但有人來投奔他的，不論好歹，便留在莊上住，若要去時，

又將銀兩齎（音同績，意思是贈送）助他起身」，時間長了，經濟上多半有點緊張。現在搶了生辰綱，過個肥年，如此而已。所以搶到生辰綱以後，他們幾個直接就把錢給分了，根本沒做什麼資金儲備。阮氏兄弟帶著自己那份兒錢回家，晁蓋接著在東溪村過小日子。

結果東窗事發，官府要來抓他。宋江跑來報信，晁蓋第一反應居然是：「卻是走那裡去好？」這麼多天了，他絲毫沒想過退路。我們都說人生需要B計畫，而晁蓋就是沒有備案的人。

幸虧吳用老早就想好這個問題了，帶著他去梁山落草。不然的話，晁蓋跑都不知道往哪兒跑。

到梁山之後，晁蓋當了寨主，但他還是在東溪村的那副樣子，得過且過混日子。宋江上山之前，梁山基本沒有什麼發展。而且晁蓋也沒打算發展。翻遍《水滸傳》，你也看不出晁蓋對梁山泊的未來有什麼規畫。他覺得現在這樣就挺好，有肉吃、有酒喝、有哥們兄弟就行了。還要怎麼發展？

47 小說中多指綠林好漢聚眾起事的義旗。

這顯得有點胸無大志。但江湖人士其實大多都是晁蓋這種性格：熱熱鬧鬧、快意恩仇，過了今天不想明天。二龍山、桃花山、少華山，這些山寨的首領也是這個樣子。像宋江那樣動不動要思考人生意義，是極少數。

除了得過且過以外，晁蓋還有一個問題，那就是缺乏決斷力，做事拖泥帶水。關於這點，我還是拿生辰綱事件來做個例子。

破案以後，何濤帶著公文從濟州城趕到鄆城縣。到地方時大概十點左右。宋江和何濤交談一會兒，宋江便跑到東溪村找晁蓋報信，路上花了「沒半個時辰」。這麼算起來，晁蓋接到消息，最多也就是中午十二點。

宋江急如星火的催他們：「若不快走時，更待甚麼？你們不可耽擱。倘有些疏失，如之奈何！」然後，宋江走了，晁蓋就開始收拾東西，準備逃跑。

鄆城縣那邊故意拖延時間。磨蹭到晚上八點，朱仝、雷橫才帶著人殺過來。從宋江報信到這時，已經過去至少八個小時了。宋江肯定以為沒事了，可誰能想到，「兀自晁蓋收拾未了」，晁蓋還在那裡裝行李。聽說官軍到了，晁蓋這才拿刀出去，威風凜凜的大喝道：「當吾者死，避我者生！」

說實話，真是太無能了。

派頭跟聲望不等於能力，難怪晁蓋被淘汰

晁蓋這麼個性格，帶兵打仗當然也不行。

他當家的時候，梁山確實打過幾場勝仗，但都是吳用的功勞，「不須兄長掛心，吳某自有措置」，然後就開始發號施令，部署作戰。

晁蓋只單獨行動過一次，就是去江州救宋江。吳用那次沒跟著，留在梁山看家，結果行動搞得一場糊塗。劫法場倒還算順利，但晁蓋他們順利救下宋江、戴宗後，晁蓋沒考慮過這些問題：下一步該怎麼辦？往哪個方向撤退呢？

這個時候，一個黑大漢——李逵從天而降，掄著兩把板斧，朝人群衝殺過去。晁蓋靈機一動，大喊一聲：「大家跟著這個黑大漢走！」

為什麼要跟他走？

那誰知道，走了再說。

只見李逵在前面跑，晁蓋他們在後面跑。李逵也不知道為什麼往這個方向跑，晁蓋也不知道為什麼要跟著他往這個方向跑。反正大家就一起跑。越跑越沉穩，越跑越有精神。

跑啊跑啊，跑了六七里地，沒法跑了，「前面望見盡是滔滔一派大江，卻無了旱

路」。晁蓋看見，只是連聲叫苦。反而是李逵在那裡大喊：「大家不要慌！先到廟裡躲一躲！」弄得好像他比晁蓋更像領導。

作為一個指揮官，晁蓋把隊伍帶成這個樣子，不是無能是什麼？

後來，宋江接過指揮權，情況馬上變樣，攻打無為軍，活捉黃文炳，一切有條不紊，若有神助。他們兩人的能力差距，就有這麼大。

那麼這裡就有一個問題，既然晁蓋的領導能力這麼差，為什麼能做山寨之主？

其實是歷史提供的機會。

剛起事的時候，一切都亂糟糟的。大家都沒什麼功勞，也都沒有經過環境考驗。誰有本事，誰沒本事，也說不清楚。基本上誰看著像個領導，大家就會讓他當領導。

晁蓋是當地保正，做人物頭兒做慣了，說話辦事自然有那個派頭。用現在的話說，就是氣場大。而且晁蓋也有江湖聲望，「托塔天王」四個字叫起來也是挺唬人的。這一點，無論是私塾先生出身的吳用，還是普通武官出身的林冲，都比不了。既然這樣，當然就是他當領導人。

但是，派頭和聲望不等於能力。隨著時間推移，晁蓋能力不足就漸漸暴露出來。但這個時候，他已經當了很多年的大首領。要換人也沒法換了。這就種下了未來的禍根。

晁蓋的道德觀：可搶、但不能偷

當然，晁蓋並非一無足取。事實上，他身上有很多亮點。比如，江湖人士最看重的就是義氣，而晁蓋在這一點上做得非常到位。

就像智取生辰綱以後，白勝被官府捉去，一頓拷打，就把同夥招出來了。按理說，相當於叛徒，就算敵人不槍斃他，我們也要槍斃他。再說，白勝就是個挑擔子賣酒的，梁山事業不多他一個，也不少他一個。管他做什麼？但是晁蓋剛上梁山，就惦記著「白勝陷在濟州大牢裡，我們必須去救他出來」。白勝上山以後，晁蓋還是把他當成兄弟，給了他一把交椅坐。

晁蓋對白勝尚且如此，對宋江就更好了。生辰綱事發以後，宋江給他通風報信，晁蓋念念不忘，反覆說要報答宋江，又是送金子，又是邀請上山。等宋江在江州落難，晁蓋帶著隊伍千里迢迢殺到江州，捨生忘死的救宋江。

所以讀者往往對晁蓋很有好感，這也是有一定道理的。

但是晁蓋的道德觀，是江湖黑社會的道德觀。如果用普通人的角度看，總覺得有點古怪。比方說楊雄、石秀、時遷他們三個人投奔梁山。在路上，時遷偷了一隻雞，惹出事情，被人家抓起來了。楊雄、石秀就跑到梁山求救。晁蓋一聽，勃然大怒：「孩兒們！將這兩個與我斬訖報來！」

為什麼？因為時遷偷雞吃，給梁山好漢丟人了。

晁蓋小宇宙爆發時，宋江跟吳用就坐在旁邊。他們倆估計都有點懵：「老大，你忘了咱們是強盜啊！」是啊，你晁蓋不還派人下山搶劫嗎？阮家三雄搶二十車金銀財寶上來，你稱讚他們立大功，為什麼看到時遷偷雞，卻勃然大怒？

按照法律來說，搶劫比偷竊更惡劣，可是在晁蓋眼裡，事情正好是反過來的。晁蓋覺得搶劫可以，好漢行徑；偷東西，丟人。如果時遷闖到村裡，一腳踹開大門：「給爺爺把雞都交出來！」這是豪傑。翻牆進去，到雞圈裡摸兩隻雞出來，神不知鬼不覺的跑了，那是小偷，該殺頭。

晁蓋並不是說不該占有別人的東西，而是說應該用暴力手段占有。暴力是強者的標誌，而偷竊是弱者的行為。時遷年紀輕輕的，怎麼能盜竊呢？你應該搶劫啊！**晁蓋的道德觀可以說是一種暴力美學。**

可在宋江看來，這就是屬於鑽牛角尖。都是非法占有，偷和搶能有多大區別？所以他把這件事拚命勸了下來，後來還不斷指使時遷幫他偷東西，一點心理負擔都沒有。

這就是晁蓋和宋江的本質區別。晁蓋相信江湖上的道義原則，覺得自己是正義的。我殺人，我放火，我搶劫，但我是個好人。這就有點像後來某些流氓的想法：我搶劫，我鬥毆，我收保護費，但我不調戲婦女，所以我是個好人。

而宋江並不吃這一套。不偷東西怎麼就是好人了？要當好人，招安啊！

出手便出糗，晁蓋讓出梁山老大寶座

晁蓋和宋江的關係後來變壞了。

有人說這是由於路線之爭。宋江想招安，晁蓋反對。其實仔細讀原著的話，就會發現並非如此。他們兩人關係惡化時，梁山力量還不夠強大，招安並沒有提到議事日程上。而且晁蓋從來沒對招安表過態。這件事對他來說太遙遠了，晁蓋可能根本沒仔細考慮過這個問題，談不上贊成還是反對。

晁蓋和宋江的矛盾，不是路線問題，而是權力之爭。宋江的才能高他太多，群眾基礎也比他好，梁山成員一大半都是他帶上山的。時間一長，晁蓋就漸漸被邊緣化了。發展到後來，梁山的職位安排，宋江連請示都不請示，跟吳用一商量，就直接把事情給定了。按理說，這可是牽涉到組織人事的頭等大事，事關山寨的最高權力，但是「吳用已與宋公明商議已定」，晁蓋連發言的機會都沒有。

而且宋江也不讓晁蓋去打仗。每次要出征，宋江都會說：「哥哥是山寨之主，不可輕動，小弟願往！」晁蓋就只能留下來看家。

那麼宋江說的這話有沒有道理？作為山寨之主，到底應不應該出去打仗？

這要看發展階段。在最早的開創期，山寨之主必須出去打仗。打仗的過程，就是建立軍事組織的過程。老大就要靠帶隊打仗，培養軍事幹部，建立軍事威信，組建軍事班子。過了這個階段，他就可以留在家裡坐鎮了。

在歷史上我們可以看到類似的例子。比如朱元璋打天下，一開始也是親力親為，攻打滁州、南京，都是自己帶兵作戰。在這個過程中，他慢慢組建了自己的軍事班底。等組建完成了，他就可以坐鎮南京，派徐達、常遇春他們出去作戰。這時，別人功勞再大也翻不了天。

可是如果跳過第一階段，一上來就是徐達四處征討，朱元璋在家待著，那他很快就會被架空。

晁蓋就還沒來得及完成第一階段，直接被晾在家裡，「不可輕動」了。而且這個時候，還發生了很關鍵的一個事情，那就是吳用拋棄晁蓋，倒向宋江。所以，不光晁、宋關係惡化，晁蓋和吳用也有點鬧掰了。

宋江這麼幹，確實有點搶權的意思。但客觀的說，他這麼做難道不對嗎？

我說你是山寨之主，不可輕動，那是給你留面子。真讓晁蓋帶兵打仗，能行嗎？

看看晁蓋在江州打的那個樣子，那還是小戰役，如果讓他出去大規模作戰，還不得死傷慘重？總不能為了一個人的虛榮心，把兄弟們都害死吧？

可是，這話沒法說出口，所以宋江只能說：「哥哥是山寨之主，不可輕動，小弟願往！」這種安排也是合理的。但問題是：一個人對自己的認知，和旁人對他的認知，是不一樣的。宋江、吳用知道晁蓋沒有軍事指揮能力，可晁蓋不這麼想。他只是覺得自己被壓制住了而已。

憋屈的時間長了，有一天晁蓋終於爆發。爆發的導火索是一匹馬。

金毛犬段景住想到梁山入夥，帶來一匹「照夜玉獅子馬」做見面禮。這匹馬是段景住偷來的，「雪練也似價白，渾身並無一根雜毛。頭至尾長一丈，蹄至脊高八尺。一日能行千里」，結果被曾頭市的人給搶走了。這匹馬本身並不重要，重要的是段景住說的那番話。按他的說法，這匹馬不是送給老大晁蓋的，而是送給宋江，因為「江湖上只聞及時雨大名」。

晁蓋以前特別厭惡盜竊，聽說偷東西就要殺人家的頭，現在他好像已經習慣了，對段景住偷馬倒沒什麼反應，但是他受不了這番話。你投奔我梁山泊，卻口口聲聲「只聞及時雨大名」，這哪裡是獻馬，分明是上門罵街。

但晁蓋又不好發作，只能拍桌子大罵曾頭市：「這畜生怎敢如此無禮！我須親自走一遭！」他要靠這次征戰挽回一些威名。宋江又擺出了那套詞：「哥哥是山寨之主，不可輕動，小弟願往！」但這次晁蓋受刺激太嚴重，當場反駁：「不是我要奪你的功勞！你下山多遍了，廝殺勞困。我今替你走一遭！」這話說得很難聽了。宋江也沒辦法，非要去那就去吧。

晁蓋帶了二十個將領，包括林冲、劉唐、阮氏三雄、杜遷、宋萬、白勝。創業時期的老幹部基本一個不落，除了吳用。按理說，有宋江看家，吳用作為總參謀長，應該隨行。可晁蓋就是不帶：賣酒的白勝都帶，我也不帶你！你這個叛徒，跟你的宋哥哥好好在梁山待著，瞪大眼睛，看我打仗的手段！

晁蓋撥馬直奔曾頭市，結果去了，就死了。

晁蓋之死，是《水滸傳》裡的一大公案。不少人都認為，晁蓋是被宋江謀殺的，他並沒有死於史文恭之手。射死他的，很可能是花榮。這個說法過於陰謀論了，其實站不住腳。若我們仔細對照原文看，就會明白，晁蓋之死和宋江絕對無關。

當時的情況是這樣。晁蓋進攻不順利，雙方處於僵持狀態。這個時候，有兩個和尚來找晁蓋，說自己的寺廟一直被曾家兄弟盤剝，現在願意當嚮導，領著梁山軍隊夜襲曾頭市。晁蓋非常高興。他留了一半軍隊給林冲，讓他在外面接應，然後自己帶著另一半軍隊出發了。結果中了埋伏。書上是這麼說的：

走不到百十步，只見四下裡金鼓齊鳴，喊聲振地，一望都是火把。晁蓋眾將引軍奪路而走，才轉得兩個彎，撞出一彪軍馬，當頭亂箭射將來。不期一箭，正中晁蓋臉上，倒撞下馬來。卻得呼延灼、燕順兩騎馬，死並將去。背後劉唐、白勝救得晁蓋上馬，殺出村中來。村口林冲等引軍接應，剛才敵得住。兩軍混戰，直殺到天明，各自歸寨。

這裡有一個關鍵點，這撞出來的「一彪軍馬」是從哪來的？會不會是宋江預先安排下的？仔細想想，就知道這絕不可能。如果宋江要謀殺晁蓋，最多會派幾個心腹，怎麼可能派「一彪軍馬」？一彪軍馬去奉命殺自己的弟兄，這事怎麼可能在梁山瞞得住？

此外還有一個關鍵點。晁蓋在曾頭市的村子裡中箭。中箭後他們才衝到村口，碰見林冲前來接應。宋江怎麼可能跑到曾頭市設埋伏？這個操作完全沒有可能性。

事情很簡單：這裡沒有曲筆，也沒有暗示，晁蓋就是被史文恭射死的。至於那支箭上刻著「史文恭」三字，也並非欲蓋彌彰。我們對此起疑，只是因為我們對古代戰爭不夠熟悉。在那個年代，很多人確實會在箭上刻名字，這是為了戰後計算功勞，並不是一件很出奇的事情。

所以說，晁蓋並非死於謀殺。

金聖歎特別討厭宋江，宋江哪怕放個屁，在他看來都是有陰謀。但就連他也沒覺得宋江派人射死晁蓋，只是抱怨宋江沒有積極復仇。因為金聖歎也知道，宋江根本沒有這個機會。

宋江雖然沒有謀殺晁蓋，但晁蓋死了，他肯定還是鬆了一口氣。他和晁蓋的關係早就降到冰點，所以談不上多大的悲痛。他也沒忙著給晁蓋報仇，過了一年才打曾頭市。而且曾頭市寫信求和時，宋江提出了一個讓人吃驚的條件。不是交出史文恭，而是把「照夜玉獅子馬」交出來！就是段景住弄來的那匹倒楣馬。

你殺了我大哥，我和大哥兄弟情深，不賠我一輛賓利汽車，這事沒完！

沒有權力的領袖，終究會被請下臺

如果晁蓋沒有死於曾頭市，又會怎麼樣？逼到最後，宋江可能還是會下手。這不光是因為宋江心狠手辣，而是兩個人的權力關係決定的。

剛造反的時候，只要運氣好，就算沒太大能力，也可以因緣際會成為領導者。可大處境如此險惡，生死存亡系於一線，必須唯才是用，有能力的人自然會慢慢浮出水面。那麼，缺乏能力的老大，往往會成為絆腳石，需要被清洗掉。

歷史上有很多這樣的例子。比如隋末，天下大亂，翟讓率眾在瓦崗寨起義，成了領袖。後來李密投奔瓦崗寨，非常能幹。在他管理下，瓦崗寨的勢力滾雪球一樣增長，翟讓就被架空了。整個過程很像宋江和晁蓋的故事，但是翟讓並沒有像晁蓋那樣戰死沙場。於是，矛盾就不可避免的加深，最後李密就殺死了翟讓。

這的確很殘酷，但雙方確實也很難有別的選擇，因為大家都沒有退出的機制。就拿晁蓋來說，他被架空其實沒什麼不對。大家造反又不是為了給晁蓋一個人賣命，既然你沒有能力，當然應該靠邊站。但問題是靠邊站以後，晁蓋怎麼辦？

理論上來說，他有兩條出路。

第一條出路，就是和宋江換個位置。宋江剛上山時，這條出路是存在的。如果晁蓋堅決讓位，宋江也接受了，那麼問題可能就解決了。回過頭來看，這是晁蓋能活下來的唯一機會。晁蓋確實也讓了，但態度並不堅決。而宋江也不敢接受，表態說「如此相讓，宋江情願就死」。站在宋江的角度看，一上山就搶老大位置，名聲確實也不好。

於是，這個機會大門就關閉了。兩個人的地位關係一旦確定下來，想再反過來就難了。

晁蓋並不特別戀權。如果宋江一上山就接班，當他的領導，晁蓋多半也能認可。可已經領導了宋江一陣子，再變成人家的手下，這在心理上就難以承受了。在中國傳統文化裡，這樣的事情本身就違反倫理。名分沒確定的時候，怎麼安排都可以。可一旦確定，君臣怎麼能易位？這對晁蓋來說，幾乎是一種人格羞辱，他很難接受。所以晁蓋只在一開始提出過讓位，後來再也沒提過。

而且不光晁蓋接受不了，宋江也難以接受。老領導天天坐他旁邊，聽他發號施令，宋江心裡頭也彆扭，雙方還是會越鬧越僵。還是拿瓦崗寨做例子。翟讓被架空以後，也曾積極自救。他比晁蓋還能忍，真的把位置讓給了李密，從領導人變成了副領導。

那還是不行。讓位以後，雙方都不自在，翟讓總覺得李密欺負人，李密總覺得翟讓不甘心。手下又各有一幫勢力煽風點火，雙方猜疑越來越多。鬧到最後，李密還是下了狠手。

所以晁蓋和宋江換位置這條路很難走得通。那麼還有第二條出路，就是讓晁蓋成為精神領袖供起來，不讓他管事。這就像日本歷史上的解決方案，天皇當傀儡，將軍開幕府。可是這個方案在日本行得通，在中國卻行不通。

從秦始皇以後，中國文化裡就沒這個傳統。中國人是非常現實的民族，治統必須建立在力量的基礎上，權力和地位高度一致，根本沒有「虛君」的位置。毫無權力的領導人是活不下去的，遲早會被幹掉。所以晁蓋的這條路也被堵死了。

他就沒有出路。

權力，讓晁蓋宋江感情決裂

晁蓋和宋江的關係本來非常好。宋江救過晁蓋，晁蓋也救過宋江。人都是感情動物，他們之間肯定有一份溫情在。但是權力格局把他們逼到了死胡同，剝蝕掉他們之間的感情，逼著他們互相憎恨。

晁蓋是有恨意的。所以他臨死時，才會給宋江出一個大難題：「賢弟保重。若那個捉得射死我的，便教他做梁山泊主。」宋江這輩子，就打翻過一個閻婆惜，聽到晁蓋這話，心裡肯定一哆嗦。

晁蓋這話相當自私。誰都知道，宋江是梁山泊最合適的領導人。他接班天經地義。梁山泊又不是你一人的私產，憑什麼抓住你的仇人，就能當梁山泊主？李逵要是抓到了，怎麼辦？

晁蓋當然也知道這樣做不對，也知道這遺囑不見得會被執行，但是他忍不住——他就是想給宋江出個難題。

憤怒壓抑得太久，臨死前也要噁心宋江一下。

這個時候，不知道晁蓋會不會想到梁山初期寨主王倫。所有人都罵王倫嫉賢妒能、心胸狹隘，但是站在晁蓋的角度想一想：王倫真的錯了嗎？

不過晁蓋還是幸運的。

他一生轟轟烈烈，最後沙場中箭，生榮死哀。如果他沒有死，陪宋江一直走到故事的盡頭，到時候，兩人躲無可躲、避無可避，只能圖窮匕見，那時晁蓋又會做何感想？

說到底，站在權力巔峰的人，面對命運並沒有選擇的餘地，有時候只能閉著眼走向懸崖。因為權力的山峰上，沒有下山的道路。

6

世界以痛吻我，我則報之以刀

——行者武松

個性凶悍且好勇鬥狠，曾空手打死一隻吊睛白額虎，因此，「武松打虎」的事跡在後世廣為流傳。梁山好漢排行第十四，對應天傷星。

我在前面的文章裡說過，《水滸傳》裡有幾個人物的性格特別複雜，其中之一就是武松。他的性格裡既有光明的一面，也有黑暗面，混雜了很多矛盾之物，充滿了張力。在這方面，他跟魯智深截然不同。魯智深的個性是舒展的，而武松整個人則是緊張的，總給人感覺擰著勁兒。

也因為武松的性格比較複雜，讀者往往對他有很多誤解。比如最常見的一個誤解，就是覺得武松行俠仗義，喜歡打抱不平。實際上完全不是那麼回事。行俠仗義、打抱不平，那是魯智深幹的事，武松一次都沒做過。

要說救人，武松只在「夜走蜈蚣嶺」時救過一個女人。但那也不是他想救人，而是為了「試刀」。

張青剛送了他兩把戒刀，武松走到蜈蚣嶺，偶然瞥見一個老道摟著女人說笑，心頭一動，覺得：「刀卻是好，到我手裡，不曾發市，且把這個鳥先生試刀！」於是就過去敲門。一個道童來開門，武松不問青紅皂白，大喝一聲：「先把這鳥道童祭刀！」嚓一刀，把道童的頭給砍下來了。

接著，武松才和老道交手，把他也殺了。

這個女人是被老道掠來的，現在得救了。但那個道童也是被老道掠來的，怎麼就莫名其妙被祭刀了？

武松這麼幹，當然不是為了行俠仗義。這段故事發生在「血濺鴛鴦樓」之後不久，武松還沒有從憤恨狀態中走出來，心頭依然有殺人的衝動。蜈蚣嶺的老道和道童，只是運氣不好，撞上了他的這股邪火而已。

武松並非行俠仗義之人。但話說回來，他也沒有理由行俠仗義。武松跟魯智深、林冲他們都不一樣。武松是徹徹底底的草根階層出身，而且是最底層的草根。

武松很小就沒了爹媽，跟著哥哥武大郎過日子。武大郎又是個侏儒，「清河縣人不怯氣，都來相欺負」。這也不奇怪，自古以來，最底層往往都是那個樣子，弱肉強食，相當殘酷。武松在這個環境裡長大，很難對世界抱有太大的善意。

看到弱者被欺凌，魯智深會忍不住衝上去打抱不平，林冲也會掏倆錢幫幫忙，可武松對此是無感的，你被欺負是你沒本事，關我何事？這也不能怪武松心狠，他從小到大見到的世界就是這個樣子。當年哥哥被人欺負的時候，誰又幫過他們呢？最後還不是靠武松的一雙拳頭，打得沒人敢來找麻煩？

泰戈爾說過：「世界以痛吻我，我也要報之以歌。」武松要是聽到這句話，肯定會嗤之以鼻：憑什麼？

是啊，憑什麼？

武松的世界只分兩種人

武松心腸很硬，並不在意別人的死活，也不會去管這些閒事。只要你對我好，你就是好人，其他的事情跟我沒關係。

比如他在孟州的時候，就是這樣。

武松殺死潘金蓮、西門慶以後，被發配到了孟州。《水滸傳》描寫過好幾個監獄，孟州牢房是其中最恐怖陰森的一個，簡直像個活地獄。

孟州犯人的日子真是暗無天日。「那沒人情的，將去鎖在大牢裡，求生不得生，求死不得死，大鐵鍊鎖著，也要過哩！」要是被管營盯上，那就更完蛋了。囚徒們說：「他到晚把兩碗乾黃倉米飯和些臭鯗魚來與你吃了，趁飽帶你去土牢裡去，把索子捆翻，著一床乾稿薦[48]，把你卷了，塞住了你七竅，顛倒豎在壁邊，不消半個更次，便結果了你性命。這個喚做盆吊。」、「再有一樣，也是把你來捆了，卻把一個布袋，盛一袋黃沙，將來壓在你身上，也不消一個更次便是死的。這個喚土布袋壓殺。」

這裡說的管營是誰？施恩的父親是「老管營」，施恩是「小管營」。

盆吊和土布袋，就是施恩父子虐殺囚徒的刑罰。也就是說，這兩個人根本就不是什麼好東西。

但是施恩父子對武松很好，把他從大牢直接送到精緻的單間裡，乾乾淨淨的床帳、新安排的桌椅板凳，每天還好吃好喝的供著武松。今天魚羹、煎肉，明天熟雞、蒸卷兒，變著花樣的給他做飯。

施恩討好武松，並不是為了交朋友，而是要利用他當打手。孟州東門外有一片地方叫「快活林」。施恩「一者倚仗隨身本事，二者捉著營裡有八九十個棄命囚徒」，成了那裡的黑社會老大。快活林的客店、賭場都要向他交保護費，就連外地來的妓女，也必須先過來參拜施恩，這才允許營業。這樣下來，施恩每個月能賺二、三百兩銀子。在當時，這是很大的一個數字了。

施恩在監獄裡草菅人命，在快活林欺行霸市，屬於典型的惡霸。但是在施恩父親嘴裡，完全是另外一個版本，「愚男原在快活林中做些買賣，非為貪財好利，實是壯觀孟州，增添豪傑氣象」，弄得好像孟州老百姓應該給施恩送錦旗似的。

後來另一個官員張團練也想「壯觀孟州，增添豪傑氣象」，自己不好出面，就找了個打手蔣門神，把施恩一頓痛毆，趕出快活林。施恩無計可施，正好碰上武松發配到

48 稻草桿、麥秸等編成的墊席。

自己的牢房，這才開始收買武松，讓他幫自己奪回地盤。

武松馬上就接受了這番好意。他完全知道孟州牢房的黑暗恐怖，但並未因此對施恩父子有任何負面看法。老管營提議讓武松跟施恩結拜，武松並沒有說「他是豬，我不要理他」。相反，武松說得很謙虛：「如何敢受小管營之禮？枉自折了武松的草料！」最後兩人還真的拜了四拜，結為異姓兄弟。

武松當了施恩的打手，幫他搶回了快活林。

而且比較搞笑的是，武松也學會了老管營那套。明明是黑吃黑的事兒，他非要拔個高度：「我平生只要打天下硬漢、不明道德的人！」都是搶，蔣門神怎麼就不明道德，施恩又怎麼就算是道德了？

蔣門神搶占了快活林，可是他好歹還是靠自己拳腳，施恩靠的卻是「八九十個棄命囚徒」，那些囚徒為什麼棄命？不棄命，施恩就會在牢房裡要了他們的命。要這麼說起來，施恩比張團練和蔣門神更狠毒。

施恩重霸快活林以後，收入比以前更增加更多了。施恩對武松感恩戴德，把他「似爺娘一般敬重」。武松說什麼是什麼。可是武松從沒提過犯人被凌虐的事情，也沒勸施恩手下留情。

孟州牢房裡，該盆吊還是盆吊，該土布袋還是土布袋。

其中的原因也很簡單，武松覺得那些犯人死不死，活不活，關自己什麼事？施恩愛弄死誰弄死誰，只要對我不錯就行。

對我不錯，那就是好人。

關於這一點，還有一個很明顯的例子：孫二娘兩口子在十字坡開黑店，專門謀財害命，把來往客商麻翻了，剁成包子餡。黑店裡面有個人肉作坊，「壁上繃著幾張人皮，梁上吊著五七條人腿」。武松在人肉作坊裡和孫二娘他們談笑風生。

等兩個解差醒過來以後，武松還替孫二娘兩口子表白：「你休要吃驚，我們並不肯害為善的人。」

不肯害為善的人，那梁上吊著的人腿難道都是壞蛋的？孫二娘剝皮前也沒核查他們的人品啊，她就關注肥瘦。

其實武松就是隨口一說。孫二娘他們害不害為善的人，武松根本不在乎。來往客商死不死關我什麼事？孫二娘愛剝誰的皮就剝誰的皮，只要對我不錯就行。

非要找出一條邏輯的話，那大致應該是這個樣子：我當然是好人，他們兩口子沒有害我，就說明他們並不肯害為善的人。

我們可以稱之為「武松邏輯」。

武松對別人的死活相當冷漠。相比之下，林冲就顯得善良溫情了很多。《水滸傳》

裡一個小人物，叫李小二。他在東京時，偷了店主人的錢，被捉拿到官府。林冲主動出面，替他賠錢，幫他說情，還送了他一筆盤纏回老家。武松就從沒幹過這樣的事兒。

這說明林冲本性就比武松更好？倒也不是，說到底還是處境的問題。

林冲倒楣之前，屬於順風順水的中產階層，世界對他充滿了善意。那他對世界也容易還以善意。他既有做好事的心情，也有做好事的資源。可武松不行。他是最底層的草根階層。對他來說，**世界如此猙獰，能活下來就很辛苦了，沒有心情對世界報以什麼善意。**

自己的死活從沒被在乎的人，又怎麼會在乎別人的死活？我們可以指責武松不如林冲厚道，但武松見到的那些殘酷，林冲這樣的中產階層又哪裡見識過呢？

武松道德感強烈，但不包含尊重生命

但是，我們並不能說武松沒有自己的道德標準。相反，他對自己的道德要求很高。

《水滸傳》裡有一個很容易被忽略的細節，那就是武松特別愛「洗漱」，幾乎每出場一次，就要洗漱一次，比例遠遠超過其他人物。洗澡的次數也多，武松在孟州牢房的時候動不動就要洗澡。

而且，武松也很講究穿著，不是「鸚哥綠紵絲衲襖」，就是「新納紅綢襖」，就算穿土色布衫，腰裡也要繫一根「紅絹搭膊[49]」。他很少有邋遢的時候。在《水滸傳》那幫糙漢裡頭，武松算得上有潔癖了。

而且他的潔癖不光表現在身體上，也表現在精神上。

潘金蓮勾引他時，一般人可能拒絕掉就算了，而武松大發雷霆，說：「武二是個頂天立地、噙齒戴髮男子漢，不是那等敗壞風俗、沒人倫的豬狗！」這話可不是隨便說說，其中就包含著武松對自己的真實期許。

在十字坡的時候，武松也有說過類似的話。

武松不在乎孫二娘他們有沒有殺人，因那些人和他無關。但當孫二娘建議幹掉兩個解差時，武松堅決不同意，而且還上升到天理的高度：「兩個公人於我分上，只是小心，一路上伏侍我來，我跟前又不曾道個『不』字。我若害了他，天理也不容我！」

武松給人的感覺總是像一張綳緊的弓。「天理也不容我」，這句話裡也有一種道德上的緊張感。魯智深和林冲都不會這麼說話。

49　一種腰帶。

所以說，**武松的道德感**是很強烈的。只不過他的道德裡面，**不包括同情和善良，也不包括尊重生命**。如果你是陌生人，死在他面前，他也不見得會多瞅你一眼；但如果你是他朋友、親人，他會豁出命來保護你。

如果武松碰到落難的李小二，可能理都不理。但反過來說，如果林冲的哥哥被人毒死了，林冲會那麼果決的擺靈堂、割人頭嗎？我很懷疑。

中產階層出身的林教頭，和底層草根出身的武都頭，他們的道德標準不一樣，而他們處理事情的決絕程度，也是不一樣的。

武松的道德感很濃烈，但是只局限在很小的圈子裡，因為生活經驗告訴他，只有這個小圈子才有意義。跨出這個小圈子，可能就是黑暗、殘酷、弱肉強食。而林冲看待世界的方式沒有這麼激烈。他的道德感可以氾濫到小圈子之外，範圍比較廣，但是這樣一來，情感的濃度也就被大大稀釋了。

好不容易進入官場，卻淪落成高層鬥爭工具

武松身在底層摸爬滾打多年，非常熟悉江湖那一套。魯智深跑江湖，武松也跑江湖，結果魯智深到了十字坡黑店就被麻翻了，差點被大卸八塊；而武松一到十字坡就識

破孫二娘的花招，輕鬆制伏她。武松確實非常敏銳，有江湖人士的生存本能。

不過，武松並不反社會，而且對官府有一種發自內心的嚮往。武松自尊心很強，說話時總是有一股豪氣，但他一旦遇到官員，態度馬上就會變得非常謙恭。

他打死老虎後，陽穀知縣讓他當都頭，武松跪謝道：「若蒙恩相抬舉，小人終身受賜。」

施恩的父親請他吃飯，武松唱喏道：「小人是個囚徒，如何敢對相公坐地？」對方請他不要客氣，武松還要先「唱個無禮喏」，方才落座。

他後來見到了張都監，先是拜見了人家，然後叉手立在側邊，非常規矩。張都監讓他做親隨，武松馬上跪下稱謝：「若蒙恩相抬舉，小人當以執鞭墜鐙，伏侍恩相。」

每到這個時候，武松總是口齒伶俐，很會來事，從不放過任何一個進入官府、往上爬的機會。他確實對官員這個身分充滿了渴望，一旦擁有了，又非常自豪。

這種渴望甚至成了武松的軟肋。

搶回快活林後，張都監設計陷害他，武松毫無戒備，一頭紮進去。其實武松本來很機警，猜疑心非常重。比如在景陽岡時，店家好心好意提醒他，說岡上有老虎，不能過去。他的第一反應就是不相信：「你留我在家裡歇，莫不半夜三更要謀我財，害我性命，卻把鳥大蟲唬嚇我？」等他到了景陽岡下，看見樹上寫著兩行字，提醒路人前方有老虎，武松還是猜疑：「這是酒家詭詐，驚嚇那等客人，便去那廝家裡宿歇！」疑心病如此重的武松，到了張都監這兒，怎麼就一點懷疑都沒有呢？

說到底，還是太渴望進入體制了，太渴望被領導提拔了。對於武松這樣的底層草根來說，這個誘惑實在太大，根本就捨不得猜疑。

一旦有進入官府的機會，武松幹起活來，就像頭小毛驢。我們可以拿他和林冲做個比較。林冲上班的時候非常散漫，說不上班就不上班，說出去喝酒就出去喝酒。武松就不一樣。他當都頭時，「每日自去縣裡畫卯，承應差使」，大雪天氣也不肯偷懶，一大早就去當差，直到中午還不回家，害得潘金蓮一通好等。

這就是珍惜。中產階層習以為常的崗位，對於底層草根來說，就是千載難逢的機遇。林冲順風順水就當了禁軍教頭，而武松要活活打死一隻老虎才當上都頭，弄了一個縣衙的編制，他怎麼能不珍惜呢？

而且武松也懂得潛規則，很會給自己撈好處。張都監抬舉他的那一陣子，「但是人有些公事來央浼（請求）他的，武松對都監相公說了，無有不依。外人俱送些金銀、財帛、緞疋等件，武松買個柳藤箱子，把這送的東西，都鎖在裡面」。

你看，武松也很會搞官場這一套嘛。武松要是一直幹下去的話，還真能在官府裡混得不錯。

可他最後還是倒了楣。

他倒楣是因為捲入了高層鬥爭。施管營和張團練兩股勢力都想染指快活林，壟斷孟州的黑道收入。武松就是他們鬥爭的工具，衝在前頭的工具當然容易出事。

這個道理武松懂嗎？可能懂，也可能不懂。但懂不懂並不重要，因為他沒得選。施恩找上門時，武松要是說：「我不願意惹事，勞駕找別人吧！」那當天晚上他可能就被施恩盆吊了。縱然他天生神力，也沒辦法抵抗牢房裡系統化的暴力。

武松沒後臺、人脈，只有打架的能力。這是他唯一的資本。高層賞臉讓你當工具，已是給你一個改變人生的機遇了，你有什麼資格挑三揀四？

所以，武松就算懂得明哲保身的道理，也沒有辦法。他要活下去，就只能衝在前頭，當別人的工具。

以痛吻我，報之以刀

張都監對武松非常好，又是宴請，又是提拔，「把做親人一般看待」，甚至還表示要把養娘玉蘭許配給他。武松非常感激，毫不保留的相信了他。結果，忽然之間圖窮匕見，張都監撕下面具，陷害了他。

在此之前，武松也有過一次人生低谷。他替兄復仇，吃了官司，從都頭變成囚犯。但無論如何，畢竟那是武松自己的抉擇，抉擇時他知道自己會付出什麼代價，所以那次打擊並沒有摧毀他的信念。可是這一次完全不同，從頭到尾就是一場騙局。自己上當了、受騙了、被冤枉了。對方甚至趕盡殺絕，還要在飛雲浦上要他的命。

武松奪刀反殺，然後站在飛雲浦的橋頭，不知何去何從。這個時候，施耐庵用了短短的一句話，寫出了驚心動魄的效果，武松「提著朴刀，躊躇了半晌，一個念頭，竟奔回孟州城裡來」。沒有任何渲染，卻滲透了冰冷的恐怖感，這就是文字上的大手筆。

站在橋上，武松到底想了些什麼？我們不知道。但是這一刻，他心裡有某些東西坍塌了。因為他奔回孟州之後，就是血濺鴛鴦樓。

在此之前，武松下手狠、心腸硬，但並沒有濫殺過無辜。可是在鴛鴦樓，他一口氣殺了十五個人。從張都監、張團練，到傭人、丫鬟，見一個殺一個。就連張都監答應許配給他的玉蘭，也被他刺了一刀，「心窩裡搠著」。

殺人不算，還要割頭。武松彎下腰要割張都監夫人的頭，卻發現割不下來。武松在月光下一看，刀都被砍鈍了。他換了一把朴刀，接著殺。直殺到一片屍身，無人可殺之時，武松才停下手來，說了一句：「我方才心滿意足！」

這段極其凶悍的文字，血腥之氣力透紙背。古代人讀到這一段也覺得過分。李贄點評時，就忍不住說：「惡！……惡！……惡！只合殺三個正身，其餘都是多殺的！」是惡。但是武松顧不上了。世界對他太狠，那他對這個世界也就加倍的狠。而獸性一旦爆發出來，就血淋淋的不可逼視。

我們讀古代史書時，會讀到很多來自底層的殺戮。飢民一旦暴動，抓到敵人往往就用駭人的酷刑折磨死，動不動還要把他全家斬盡殺絕。我們很容易有一種感慨：何至於此呢？何至於此呢？

其實那就是「血濺鴛鴦樓」的大規模翻版。**世界以痛吻我，我則報之以刀！**

現代翻拍《水滸傳》電視劇時，沒有哪個導演敢完全忠實於原著，把這段情節原封不動的演出來。因為現代人的道德觀無法接受這樣的殘酷。時代變了，今天的我們已經很難理解武松的那種狂野衝動：

你們既然不把我當人，那我就當個野獸給你們看！

武松自斷其臂，也切斷所有執著

但有一件事很奇怪，在「大鬧飛雲浦」之後，武松雖然野性發作，肆意的暴力殺人，但是他對官府依舊保持著仰視的態度。他再反社會，還是忍不住尊敬官府。

在鴛鴦樓殺人之後，武松開始逃亡，結果在路上睡著，被人捆了起來。這個時候，武松的腦子裡閃過的第一個念頭，竟然是：「早知如此時，不若去孟州府裡首告了，便吃一刀一剮，卻也留得一個清名於世。」

哪怕在這個時候，武松依舊覺得法律是莊嚴的，跑路是可恥的。官府把自己殺了剮了，只要是自首，那也算留下一個「清名」。武松還是在跟自己較勁，還是有那種緊張的矛盾感。如果換上魯智深，就絕對不會有這種想法。

而且武松還盼著有一天能被洗白。

大家都知道宋江天天盼著招安，可這本書裡最早提到「招安」二字的，不是宋江，而是武松。武松在逃亡路上碰到了宋江。他對宋江說：「武松做下的罪犯至重，遇赦不宥，因此發心，只是投二龍山落草避難。……天可憐見，異日不死，受了招安，那時卻來尋訪哥哥未遲。」這話不是隨口敷衍，武松真的是希望有一天被招安，重新得到官府的認可。

他想當都頭，想當親隨，想當心腹，想做領導的好工具。努力幹下去，有朝一日就能像林冲那樣，成為穩定的朝廷官員。換句話說，林冲的起點，就是武松這些底層草根夢想的終點。

可是對武松來說，這條路實在太難了，隨時可能斷裂為刀劍林立的深淵。

武松到了二龍山之後，和魯智深、楊志搭檔，成了綠林首領。他的戲份從此就變少了。但戲份雖然少了，但我們還是能發現，他的精神世界發生了很大變化。

這個變化主要就是放棄。

首先，他放棄了招安的想法。宋江寫了一首《滿江紅》，讓樂和來演唱。唱到「望天王降詔早招安，心方足」時，武松第一個爆發起來：「今日也要招安，明日也要招安去，冷了弟兄們的心！」

武松為什麼會有這個變化？不知道。也許是受了魯智深的影響，也許是自己想通了。但不管是什麼原因，反正武松放棄了自己長久以來的夢想。

然後是打仗，打仗，打仗。

武松替梁山立過很多戰功：征遼時，誅殺耶律得重；征田虎時，誅殺沈安；征方臘時，誅殺方貌和貝應夔。但最後在睦州城下，武松被人砍中了左臂，疼得昏了過去。魯智深救了他。等他醒過來，看到手臂「伶仃將斷」，就抽出戒刀，自斷其臂。

《水滸傳》給人物的結局，往往有強烈的象徵意義。魯智深的端然圓寂，象徵他的解脫；林冲的風癱，象徵他的隱忍和塌陷；而武松的自斷其臂，則象徵著他的放棄。

戰爭結束後，武松果然放棄了世俗世界，決定留在杭州做個清閒道人。宋江和武松關係一直非常好，但此時宋江看他已經成了廢人，也沒有多挽留，只說了一句「任從你心」。宋江的淡然，也許是絕情，也許是明白這個選擇是武松最好的歸宿。但無論如何，他們的友情終結了。

陪著武松的，只有林冲。林冲得了病，最後半年都是武松照顧的。這兩個人，來自不同的階層，最後走到了同樣的終點。一個風癱，一個斷臂，在六和寺裡孤寂相對。中產也好，草根也好，面對強大的命運，終究都是風中草芥。

林冲很快就死了，但武松卻活到八十歲。他的後半段是平靜的，平靜的代價就是捨棄。他切斷自己殺人的臂膀，再也成不了別人的工具，也就切斷了所有的執念。

他不再是知縣的都頭，不再是施恩的打手，不再是張都監的心腹，也不再是宋江的兄弟。

他只是一個獨臂人。

《水滸傳》裡，他是天傷星。

7

野獸有野獸的價值

——黑旋風李逵

性格暴烈嗜殺、力大無窮且頭腦簡單，戰鬥時揮舞兩把板斧橫衝直撞，見人就殺。梁山眾人裡，他最敬宋江、最服燕青。梁山好漢排行第二十二，對應天殺星。

在古代《水滸傳》有幾本重要的點評本，比如李贄的容與堂百回評本、袁無涯的百二十回評本、王望如的《評論出像水滸傳》七十回本，余象斗的一百零四回簡本，當然還有最著名的金聖歎的《第五才子書》七十回本。

這些評本裡，對其他人物多有分歧，你說好，我說壞，但是碰到李逵這個人物，所有人都交口稱讚。

袁無涯說李逵「人品超絕，真義士，真忠臣」。

余象斗說李逵「義義凜凜，人莫能方」。

金聖歎說李逵「是上上人物，寫得真是一片天真爛漫到底。《孟子》『富貴不能淫，貧賤不能移，威武不能屈』，正是他好批語」。

李贄說得更誇張，說李逵是梁山泊第一尊活佛。

用現代人的眼光看，這樣的評論簡直是神經病。只要認真讀過原著，我不相信哪個現代的讀者，會發自內心的喜歡李逵。如果你讀完《水滸傳》，仍十分欣賞李逵，那你一定是跳著讀的，在某些段落你沒有真正停留。

如果把書從頭到尾仔細的讀一遍，就會發現，李逵實在太像個野獸了。

後來《水滸傳》翻拍成電視劇時，導演們都把李逵的形象變溫和了，肥膩有餘，凶悍不足。反倒是早期的央視版（中國中央電視臺）《水滸傳》保留了一些李逵的野性氣息，但還是大大的淡化了。原著裡的李逵，恐怖程度至少是央視版的十倍。

他最突出的特點就是嗜殺。他好像對殺人有一種狂熱的衝動。比如，在江州劫法場時，他「火雜雜的輪著大斧，只顧砍人」，砍的多是江州的老百姓。晁蓋都看不下去了，在那兒喊：「不干百姓事，休只管傷人！」

李逵不管，就是挨個砍。一路砍過去，從法場砍到了江邊。

例如扈家莊。扈家莊已經投降了，扈成捆著祝彪往宋江這兒送。李逵見了，掄著斧子過來就砍，砍了祝彪就要砍扈成。他不知道人家投降了嗎？扈成前兩天專門到梁山來納降過，李逵也知道。他不管，就是要殺。接著他跑到扈家莊，把人家男女老少殺了個精光，不留一個。

再比方說回家取母，路遇李鬼的那次。當然，他殺李鬼是事出有因，雖然手法殘暴，還屬於情有可原。可後來的殺人就毫無道理了。李鬼的老婆告發他，李逵被人捉住。在路上，朱貴用蒙汗藥麻翻了眾人，救了李逵。李逵得救以後，第一件事就是殺人。

設計舉報他的仇人，當然要殺；押解他的三十來個兵丁，躺在地下動彈不得，李逵拿刀一個個搠死；旁邊的獵戶，也挨個搠死；就連周圍看的人，李逵也要追上去全部砍死，「直顧尋人要殺」。後來還是朱貴攔著他，大喝：「不干看的人事！」這才把他勸住。

李逵不光殺外人，梁山自己人也被他殺過。

韓伯龍剛剛投靠梁山，當了朱貴的下線，在山腳下開了一家酒店。李逵去吃了一頓。三角酒、兩斤肉，吃完就走。韓伯龍不認識李逵，攔著他要錢。李逵拿出斧子，說：「我把斧子押給你吧！」韓伯龍實心眼，伸手來接，被他一斧子砍在面門上。然後，李逵把值錢的東西擄掠一空，一把火燒了飯店。李逵為什麼這樣不停的殺人？原因也很簡單，就是單純的喜歡。李逵經常說：「吃我殺得快活！」從殺人裡，他能體會到一種巨大的快感，多少有點類似正常人類的性快感。

所以書裡對李逵殺人的描寫，跟其他人完全不同。比如武松在鴛鴦樓殺人，也很殘酷血腥，但那是出於一種憤恨。武松太憤怒了，殺人是情感上的一種爆發、一種宣洩。對武松來說，這是反常之事。

可是李逵殺人時，你感受不到憤怒，文字裡只有一種興奮感。

武松殺人時，是憤怒的；李逵殺人時，是喜悅的。李逵不光殺人，而且還吃人。說到這裡，順便說一句，其實《水滸傳》裡除了李逵，還有幾個人會吃人，比如清風山的燕順、王英和鄭天壽。他們捉到宋江以後，打算拿他的心肝做醒酒酸辣湯喝。而且清風山的小嘍囉們做這種湯都做出經驗來了，知道先往人心口潑點涼水，因為「但凡人心，都是熱血裹著，把這冷水潑散了熱血，取出心肝來時，便脆了好吃」。從這裡就能看出來，用人做湯這種事沒少做，而且燕順他們也絕不止於喝湯，心肝本身也是要吃的。

除了燕順他們以外，還有「火眼狻猊」鄧飛，有點疑似吃人。為什麼說疑似？因為鄧飛剛出場時，作者為他寫過一首詩：

原是襄陽關撲漢，江湖飄蕩不思歸。多餐人肉雙睛赤，火眼狻猊是鄧飛。

從這裡看，鄧飛好像吃過很多人，眼睛都吃紅了。但是仔細推敲的話，這首詩是有歧義的。「多餐人肉雙睛赤」有可能不是形容鄧飛本人，而是形容火眼狻猊這個外號。狻猊是神獸，外形很像獅子，能食虎豹，當然也吃人。吃人多了，也許眼睛就紅。所以施耐庵寫了這句詩。而鄧飛只是綽號「火眼狻猊」，未必就吃過人。

無論如何，不管是燕順等人，還是鄧飛，《水滸傳》裡都沒有正面描寫過他們吃人，虛筆帶過而已。可是施耐庵卻細細渲染過李逵吃人的細節：

李逵盛飯來，吃了一回，看著自笑道：「好痴漢！放著好肉在面前，卻不會吃！」拔出腰刀，便去李鬼腿上割下兩塊肉來，把些水洗淨了，灶裡扒些炭火來便燒，一面燒，一面吃。

讀到這一段的時候，金聖歎的評價是「絕倒」，用我們的話說，就是「笑死了」；而李贄的評價是「好下飯」。在現代人看來，這種評價真是難以想像。

其實也不只這一段。在其他有關李逵的情節裡，他們兩位的點評也很讓人吃驚。比如，扈家莊被滅門，男女老幼被李逵殺了個乾淨。李逵因此挨了宋江的罵，卻高高興興的說：「雖然沒了功勞，也吃我殺得快活！」

對於此事，金聖歎評論道：「快人快事快筆！」

李贄評論道：「妙人妙人，超然物外，真是活佛轉世！」

這真的很奇怪。李逵幹了如此畜生的事，這些文人還這麼稱讚，為什麼？

只要夠真，就算是殺人，古文人照樣點讚

這就牽涉到某類傳統文人的獨特心理了。

古代文人裡，有一類可以被稱為「才子」，金聖歎就屬於其中的典型。他們並不太執著是非善惡，也不太在乎別人的生死苦樂。對他們來說，最要緊的是有趣。

比如小姑娘掉水裡淹死了，這件事就很有趣，才子就會寫詩說：「誰家女多嬌，何故落小橋？青絲隨浪轉，粉面翻波濤。」李逵拿著斧子把男女老少全部殺光，一地死

屍，這件事也很有趣，他們就會評論說：「快人快事快筆！」

至於那些被殺掉的人是什麼樣子，他們想都沒想過是什麼慘狀的，他們不在乎。

李贄對此也有過辯解，他說寫書又不是過日子，「天下文章當以趣為第一」，其他的不用管。這個說法當然也有道理，但問題在於，什麼叫有趣？扈家莊被斬盡誅絕，為什麼金聖歎讀到此處會覺得有趣？就像看到小姑娘被淹死的屍體，才子又為什麼會覺得有趣？道德和邏輯是反思後的結果，趣味卻是根源於情感直覺，反而最能說明一個人真實的心理狀態。

而且，李贄的這種辯解也有不盡不實之處。他盛讚李逵，並不完全是出於個人趣味，而是跟他的價值判斷有關。

李贄和金聖歎讚美李逵，有一個最重要的理由，就是覺得他「真」。用李贄的話說，就是有「童心」。一個人憑著本能行事，不假矯飾，就是童心、真心，可以是活佛、聖人。但問題是，他們忽略野獸憑著本能做事。變態殺人狂也是憑著本能做事。

才子在文字堆裡打滾，對虛偽和矯飾比較敏感，所以他們往往會有一種幻覺，那就是天下最壞之事無過於虛偽。真小人勝過偽君子。其實這是一種巨大的認知錯誤。他們錯識了人心，也錯識了文明。

文明進化的過程，也是把大批真小人轉變成偽君子的過程。虛偽也是文明社會的

一道防護欄。我不能剷除心中的惡念，但依舊以惡念為羞，不敢讓人知道，這就好過不知善惡。

人性中有黑暗的東西。文明不得不去壓抑這些黑暗。這個過程一定會產生虛偽，但是它也好過全然的放縱。就像李逵這樣的人，他的天性比較接近純真的野獸。文明會壓抑李逵的天性，讓他不那麼真，但也沒那麼惡。

而有些文人會有極端化的傾向：金子如果不是真金，那還不如狗屎；善如果摻假，那就不如真惡。這種想法真是徹頭徹尾的愚蠢。

李贄他們覺得李逵殺人有趣，還有一個重要的原因，那就是他們對暴力缺乏感知。才子只有寫字的本領，沒有殺人的本領。但越是沒有殺人的本領，越是會幻想這類事情。自己可能連引體向上[50]都做不了，但是看到李逵把人「一斧砍做兩半，連胸膛都砍開了」、「割下兩塊肉來」，就覺得亢奮。

現實的血被文字的墨沖淡了，暴力就變成了一種遊戲。但實際上，暴力不是遊戲，它在現實中可以非常恐怖。

李贄生活在太平時代，而金聖歎雖然活在明清易代之際，但也沒有親身經歷過屠殺，所以他們對暴力缺乏真實體驗，看李逵殺人只覺得有趣。倒是像明末思想家王夫之那樣的人物，顛沛流離，九死一生，才會堅定的認為：殺人、吃人就是不對。沒有什麼童心、天真。仁暴之辯，就是人獸之辯。

如果讓王夫之評點《水滸傳》，他會毫不猶豫的斷定：殺人一點不好玩，一點不有趣，李逵就是個野獸。

李逵本身就是製造不平的代表

李逵剛出場時，戴宗向宋江介紹他的為人：「專一路見不平，好打強漢，以此江州滿城人都怕他。」可實際上，這個評價並不準確。李逵自己就在欺負人、製造不平。

比如，他跟宋江在潯陽樓喝酒時，想吃牛肉，酒保說：「小人這裡只賣羊肉，卻沒牛肉，要肥羊盡有。」李逵聽了，就拿魚湯朝對方的臉潑過去，淋了酒保一身。酒保忍氣吞聲，也不敢說什麼。要是頂嘴肯定挨揍。

過了一陣，有個姑娘過來賣唱，宋江他們都專心聽歌，影響到李逵吹牛了，只見「李逵怒從心上起，惡向膽邊生，跳起身來，把兩個指頭去那女娘子額上一點，那女子

50 鍛鍊上身肌肉的運動，主要訓練背闊肌。

大叫一聲，驀然倒地。眾人近前看時，只見那女娘子桃腮似土，檀口無言」。

這樣的事兒後來還發生過很多。比如李逵和戴宗在小飯店打尖[51]，因為等的時間長了，李逵破口大罵，使勁一拍桌子。對面老頭正在吃麵條，李逵這一拍，把麵都潑翻了，濺了老人一臉熱汁。老人過來理論，「李逵揪起拳頭，要打老兒」。

無論是酒保、賣唱女，還是吃麵條的老頭，都不是什麼強漢，也沒主動招惹他，李逵照樣要打人家。什麼叫路見不平？李逵幹的這些事兒，本身就是不平。

但在李逵看來，這些事情可能都不是問題。我看你不痛快，就要收拾你，咋地？什麼扶弱鋤強，你弱是你無能！

《水滸傳》裡有一段關於李逵的閒筆，叫「李逵壽張喬坐衙」。李逵跑到壽張縣，搶了縣衙，穿上官服皂靴，非要審官司。衙役們沒辦法，就找兩個人假裝打架，讓李逵來審案子過官癮。

張三說：相公可憐見，李四打我。

李四說：張三先罵我，我才打他的。

李逵說：李四能打人，是好漢，把他放了。張三這個不長進的，怎的吃人打了？與我枷號[52]在衙門前示眾！

雖然是個玩笑，但這就是李逵的邏輯：什麼平不平的？什麼有理沒理的？被欺負就是你沒本事，活該。窩囊成這樣，我碰見了還要再補一腳呢！

說到這，可能有讀者會覺得不對。因為李逵確實也曾打抱不平，而且態度還特別激烈，比如李逵「負荊請罪」那一次。有人冒充宋江，搶走了劉太公的女兒。李逵聽了以後，回到梁山泊，睜圓怪眼，拔出大斧，先砍倒了杏黃旗，把「替天行道」四個字扯得粉碎。這還不算，他掄著斧子，搶上堂來，就要砍宋江。被人攔住以後，李逵破口大罵：「我當初敬你是個不貪色欲的好漢，你原正是酒色之徒！殺了閻婆惜，便是小樣[53]；去東京養李師師，便是大樣！」

這樣看，李逵好像比魯智深更有正義感。魯智深在桃花莊碰到劉太公，也是有人要搶他女兒。魯智深雖然擺平了這件事，但也沒有像李逵這樣痛罵肇事者周通。魯智深只是拿話逼著周通，讓他發誓不再找劉太公的麻煩，事情也就拉倒了。李逵的態度比魯智深大義凜然得多。很多讀者都因此稱讚李逵是非分明。

實際上情況並不是這麼回事。李逵生氣，並非同情劉太公的女兒，而是憎恨宋江。

51 原本是京津及其附近地區的方言，意思是在旅行趕路的途中休息吃飯。
52 明朝創設的一種恥辱刑，在監外帶枷示眾並揭露犯人罪狀。
53 小樣，指氣度小、不氣派；大樣，驕傲、目中無人。

而他憎恨宋江，也不是因為宋江恃強凌弱，而是因為他貪了「色欲」，讓李逵幻滅。

為什麼宋江的色欲會讓他幻滅？這就牽涉到李逵古怪的道德觀了。

在李逵看來，打人、殺人、吃霸王餐砍死人、搶劫放火都沒問題，但是好色沾女人，就不行！那是淫蕩，是墮落！李逵好像非常憎恨人的性需求。施耐庵也特別強調了這一點。因為就在李逵要砍宋江之前，他還寫了一件事。

李逵和燕青路過四柳村，因天色暗了，要借宿。莊主狄太公就說起家裡鬧鬼，把獨生女給魔住了[54]。「半年之前，著了一個邪祟，只在房中茶飯，並不出來討吃。若還有人去叫他，磚石亂打出來，家中人多被他打傷了。」

李逵就去幫狄太公捉鬼。其實哪裡是鬼？就是狄小姐找了一個情人，到房裡來幽會。人家倆小年輕有私情，與他何干？換上魯智深，肯定是罵兩句就走開了。但李逵不是，他一腳踹開房門，先是一斧子把小夥子腦袋砍下來。接著他把狄小姐拖出來審問，問明白怎麼回事了，大喊一聲：「這等醃臢[55]婆娘，要妳何用！」一斧子把狄小姐腦袋也砍下來，然後把兩個人頭拴做一處，兩個屍身也並排擺在一起。

這還不解恨，李逵索性「解下上半截衣裳，拿起雙斧，看著兩個死屍，一上一下，恰似發擂的亂剁了一陣」。然後才大笑道：「眼見這兩個不得活了！」

按理說，人家偷情，礙你李逵哪兒疼？再說了，殺就殺了，至於這麼大的恨意？

還要把人家剁碎？但李逵就是見不得這種男女私情，見了就憤怒，就憎恨。

他甚至把兩個人頭拿給狄太公看。狄太公看見女兒的腦袋，號啕大哭：「留得我女兒也罷！」李逵還笑話人家：「打脊老牛，女兒偷了漢子，兀自要留她！你恁地哭時，倒要賴我不謝將。」說完，就沒事人似的睡覺去了。第二天，李逵睡醒了，還真大模大樣的讓狄太公拿出酒肉來謝他。

這倒不是李逵欺負人，他內心深處覺得自己做了一件大好事，狄太公該謝他。什麼叫替天行道？這就是替天行道！當然，狄太公這條「打脊老牛」肯定不這麼想。

四柳村之後，緊接著就是假宋江事件。

施耐庵把這兩件連在一起寫，就是要說明一件事：觸怒李逵的，並不是宋江欺負人了，而是宋江居然有分外的性欲！宋江要是搶了劉太公的金銀，甚或殺了劉太公全家，把劉家莊燒成平地，他都不會在乎，因為這種事他自己只要一言不合，也能幹得出來。但是宋江居然搞女人，居然是酒色之徒！是可忍孰不可忍！

---

54 做惡夢時，胸口感到壓迫，呼吸困難。

55 意思是不乾淨，骯髒。後引申形容行為、動作等齷齪，有悖道德良知。

《水滸傳》總的來說，是一本反性的小說。性欲始終被認為是低賤的。就像宋江說的，「但凡好漢犯了『溜骨髓[56]』三個字的，好生惹人恥笑」。但最多也就是恥笑，真正如此仇恨性的，恐怕也只有李逵。而李逵偏偏又是全書中最獸性、最暴戾的人物。

有人因此懷疑李逵有生理問題，當然也有這個可能，但還有一個更簡單的解釋：這種仇恨是一種象徵。

性是人性中柔弱的一面。人在進行性行為時，往往也是最脆弱的時候。同時，性帶來生殖，意味著繁衍和增多。而殺戮意味著剛硬和暴烈，代表減少和毀滅。所以，性與殺是恰成對立的鏡像。李逵是梁山的「天殺星」，他對性有敵意是最正常的事情。

總的來說，性愛是富於人性的情感，代表著人類美好的體驗。而李逵的仇恨，就是要剪除掉人性中所有的柔軟和脆弱，只留下一片黑暗的荒漠。

而這片荒漠的上帝，就是兩把滴血的板斧。

宋江讓李逵能吃飽；李逵幫宋江維持忠義堂

李逵像個野獸，而宋江就像馴獸員。

有人說宋江和李逵是主奴關係，其實不是。如果是單純的主奴關係，李逵就不會拿著斧子要劈他。他們就是馴獸員和野獸的關係。只要訓練得法，野獸可以比最忠心的奴才還要聽話，但本質上，它還是野獸。

李逵需要宋江，是因為野獸要想在人間求生，就需要一個馴獸員。

李逵身邊始終有馴獸員這個角色，剛開始這個人是戴宗。在宋江沒出現之前，李逵只聽戴宗的話。就連江州的酒保都知道，李逵惹事時，「只除非是院長說得下他」，其他人他見一個咬一個。

可是戴宗有很大問題，首先他心胸狹窄。

宋江剛到江州時，他故意不給戴宗交保護費，戴宗就急得暴跳如雷，當著下屬的面大發脾氣，可見此人格局很小。野獸的智力雖然遲鈍，但在這方面的嗅覺卻往往非常靈敏。所以，李逵雖然服從戴宗，卻沒有太多敬畏愛戴之情。

而且戴宗在錢上看得很緊，多少有些吝嗇，李逵在他手下只能半飢不飽，所以兩人在一起，也就是湊合著過。戴宗抱怨李逵老連累自己，李逵則經常念叨要去山東，另投及時雨「義士哥哥」。

56 貪淫、好色。

結果宋江一出場，就接管了李逵。宋江不光在錢上特別大方，足能餵飽這隻野獸，而且非常寬容大度。在戴宗眼裡，李逵幾乎處處是缺點，是個拿不出手的粗人，「全沒些個體面，羞辱殺人！」而宋江卻能充分欣賞他的樸直，在理解中還帶了點寵溺。李逵馬上全心全意的投靠了他。野獸終於找到了合適的馴獸員。

而李逵對宋江也很有價值。梁山需要這樣的一個人物來製造恐怖。

李逵的武功並不算特別高，跟林冲、武松他們完全不在一個級別上。就連在梁山排名九十七的李雲，被麻翻以後剛剛蘇醒，都能和李逵戰五七回合不分勝負。要是單打獨鬥，李逵在梁山好漢裡最多也就是中上水準。

但是李逵的獸性風格能製造恐怖。

打仗時，李逵經常脫得赤條條的，像瘋子一樣往前衝，確實能嚇倒不少敵人，有時候甚至能沖散他們的隊形。在戰場上，誰能殺掉誰，並不完全是武功決定的，有時候氣勢更重要。有的敵將真打起來，未必打不贏李逵，可是看到李逵凶神惡煞的樣子，先就有點手軟。所以李逵前前後後殺掉的敵將，比武松還多。從這一點看，李逵在軍事上是有價值的。

在心理上，李逵的價值更大。一般百姓很怕李逵。在壽張縣，「若聽得『黑旋風李逵』五個字，端的醫得小兒夜啼驚哭」。你看，沒說他們怕宋江或盧俊義，就怕李逵。

梁山需要挑出「替天行道」的杏黃旗，散散糧，愛護一下群眾，這都是必要的。但是它也需要李逵這樣的人物，來替它製造恐怖。**愛戴只能讓人聚攏，恐怖才能讓人服從。**如果不能製造強烈的恐怖感，宋江的忠義堂是維持不了多久的。

當然，在梁山內部，李逵對宋江也很有用。他可以替宋江說出宋江不方便說的話，做出宋江不方便做的事。說好了，那就達到了宋江的目的；沒說好，誰又能跟鐵牛較真呢？完全是可進可退。

所以說，野獸有野獸的價值。

李逵，是宋江的陰暗面

李逵不光是被宋江馴服的野獸，李逵同時也是宋江陰暗的另一面。

很多人都注意到了，《水滸傳》裡的宋江與李逵有一種對比映照的關係。他們就像小說《唐吉訶德》中的唐·吉訶德和桑丘主僕兩人，代表著一種「雙重人格」。宋江的狡猾算計之下，就隱藏著李逵式惡獸性嗜殺衝動。如果用人體來比喻，宋江就像腦，而李逵就像心。

李逵第一次見到宋江，就被他收服了，就像心被腦收服了一樣。但反過來，腦也受到了心的衝擊。宋江一直在講忠孝、講仁義，可就在碰到李逵後，沒過幾天，宋江就在潯陽樓上寫下了這樣的詩：「他年若得報冤仇，血染潯陽江口！」

這是他第一次說出如此殺氣騰騰的話。

從寫作的角度看，這很可能只是情節的巧合。但從隱喻的角度看，李逵的出現，喚醒了宋江的陰暗之心。而宋江在這句詩裡表達的願望，李逵很快就替他實現了。劫法場時，李逵掄著大斧子，從法場直殺到江邊來，「身上血濺滿身，兀自在江邊殺人」。

晁蓋在那裡喊：「休只管傷人！」李逵當然不肯聽，他只聽宋江的。而此時的宋江就跟在李逵身後。他也看到了這個血腥的場面，他不發一語。

血染潯陽江口，多麼美好的一幕。狡獪的腦決定讓黑暗的心多奔騰一會兒，讓它自由的淹沒在鮮血裡，感受那種讓人戰慄的快樂。這是野獸的快樂，也是馴獸員的快樂。

直到塵埃落定，馴獸員才會整好冠帶，理清思緒，罵一聲：「這黑廝直恁地胡為！下次若此，定行不饒！」

8

梁山上的狗鎮少女

——一丈青扈三娘

扈家莊主之女，使一對日月雙刀，弓馬嫻熟、巾幗不讓鬚眉，更有陣前用繩套捉人的絕技。被林冲所擒而投降梁山，成為梁山第一女將。後來與宋江結為義兄妹。

梁山好漢排行第五十九，對應地慧星。

在《水滸傳》裡，有一個很奇怪的人物：扈三娘。梁山一百零八將裡，扈三娘的人生可以說是最悲慘的。

她是扈家莊的大小姐，「使兩口日月刀，好生了得」。剛出場的時候，施耐庵還特意為她寫了一首詩：

霧鬢雲鬟嬌女將，鳳頭鞋寶鐙斜踏。黃金堅甲襯紅紗，獅蠻帶柳腰端跨。霜刀把雄兵亂砍，玉纖手將猛將生拿。天然美貌海棠花，一丈青當先出馬。

非常漂亮颯爽的一個女將，讓人不由得想起《楊家將》裡的穆桂英。

扈三娘武藝相當不錯，一上來先是力戰矮腳虎王英，才十幾個回合，就生擒活捉王英。接著扈三娘又連戰歐鵬和馬麟，一雙刀使得如「風飄玉屑，雪撒瓊花」，絲毫不落下風。最後她乾脆直奔宋江而去。宋江雖然一向愛學使槍棒，但看扈三娘衝過來，他一點對著幹的想法都沒有，扭頭就跑，差點讓扈三娘當場砍死。

你看，扈三娘首次登上舞臺，就是這麼英姿勃勃、威風凜凜。但是威風也就到此為止，扈三娘馬上就從人生巔峰上栽了下來。

林沖來了，沒鬥上十個回合，就捉住扈三娘。這個大小姐被捆著雙手，押到梁山。

在扈家莊眼裡，梁山就是一群強盜。一個大姑娘被捉進強盜窩，這如何了得？當然要去營救啊，而且要抓緊。

果然，第二天，她的哥哥就來了。扈成牽著牛，抬著酒，嘴巴像抹了蜜似的，一嘴一個「將軍」。扈成說妹妹年幼無知，誤犯威顏，求宋將軍千萬把妹妹給放了。只要放人，要什麼東西都給。

宋江倒也不是不肯放，只是提出一個條件：拿矮腳虎王英交換扈三娘。

這個條件很合理，但是扈成做不到。

因為王英雖然是被扈三娘擒住的，卻被祝家莊的人弄走了，扈成要不回來。

這就有點過分了。祝家莊掌權的是三少爺祝彪，而扈三娘是祝彪的未婚妻。祝家莊跟梁山打仗，未婚妻跑來幫忙，結果被敵人捉走了，於情於理，難道你能不管？退一萬步講，王英是扈三娘拿下的，拿王英換回扈三娘不是天經地義嗎？

可是祝彪就是不答應：反正沒結婚，管她幹什麼？再說了，在強盜窩裡都過夜了，誰知道怎麼回事？換回來以後怎麼辦？這婚我結是不結？

所以，堅決不答應。

扈三娘的未婚夫就是這麼個畜生。在這個世界上，真正關心扈三娘死活的，就是她的爹媽和哥哥。

為了救妹妹，扈成姿態放得很低，除了王英要不回來，其他什麼條件都答應。投降？可以。幫著捉拿祝家莊的人？可以。只要把妹妹放了，怎麼都行。至於勾結梁山，會不會引發官府追究，扈成已經顧不上了。

扈三娘的未婚夫雖然是個畜生，但是她的親人還是疼她的。

梁山最後給了答覆，大致的意思就是：放可以放，但不能現在就放，得看你扈家莊的表現！

扈成雖然不滿意，也只能抱著一線希望返回扈家莊。他決心全力配合梁山，以救贖妹妹。

從富貴人家大小姐，到綠林強盜的妻子

但是扈家莊很快就被梁山滅門了。

祝家莊被攻陷，祝彪走投無路，投到了扈家莊。扈成一看：好啊，這個畜生來了！捆起來捆起來，送到宋將軍那兒去！

誰知道走在半路上，他們碰上了李逵。李逵明明知道扈家莊已經投降了，卻還是提斧子就砍。祝彪被當場砍死，扈成奪路而逃，撿了一條命。李逵正殺得手順，接著又

沖進扈家莊，把「扈太公一門老幼，盡數殺了，不留一個」。財產也全部帶走，裝了四五十馱，帶回了梁山。臨走時，還一把火燒了莊園。

抄家，滅門。

當然，李逵事後也遭到了宋江非常嚴肅的批評：「下次違令，定行不饒！」

扈三娘對此沒有任何反應。

父親被砍死了，全家都被殺了，未婚夫也被殺了，哥哥生死不明，財產被洗劫，老家被燒成瓦礫，而扈三娘保持了沉默。至少作者沒有描寫她的任何情感波動。在扈家莊淪陷的當天，她的情形是一片空白。

接下來，就是《水滸傳》裡最驚悚的一段描寫。

攻下祝家莊，屠了扈三娘全家之後，中間又發生了一個小插曲，宋江用計謀騙李應上山，收編了李家莊。但這個過程很短，前前後後不會超過三五天。緊接著，大家在梁山團聚。

這時，扈三娘出場了。梁山殺牛宰馬，大擺慶功宴。她和顧大嫂、樂和娘子這些女人在後堂擺了一席，坐著飲酒。正廳上「大吹大擂」，大家一直喝到晚上才散。

我覺得這場酒席，比血濺鴛鴦樓那場更加驚心動魄。

酒宴的第二天，宋江就來給扈三娘說親，要她嫁給矮腳虎王英。

王英就是個齷齪淫猥的土匪。你哪怕用放大鏡，也在他身上找不出什麼優點。先說長相，書裡形容扈三娘是「天然美貌海棠花」，形容矮腳虎王英則是：五短身材，一雙光眼。王英出場的時候，施耐庵還給他寫了一首詩：

駝褐衲襖錦繡補，形貌崢嶸性粗鹵。貪財好色最強梁，放火殺人王矮虎。

注意，這個「崢嶸」不是指「崢嶸歲月」，而是猙獰的意思。長得醜點就醜點吧，關鍵這個王英性格也超級猥瑣。就拿落草這件事來說，梁山上很多人都是迫不得已才落草，可王英不是。他原來是個車夫，後來發現趕車不如搶劫來錢快，半路上就搶了客人的錢財，這才落草為寇。在任何社會裡，這種人都是下三爛。而且王英還特別好色。當初在清風山捉了劉高的太太，王英上來就要「摟住那婦人求歡」。扈三娘出場的時候，王英急吼吼的第一個就要衝上去打，就是因為對方是個女的，王英看得手顫腳麻，恨不得「一合便捉得過來」。捉過來幹什麼？當然不是捉來拜乾兄妹了。

除此之外，王英還吃人。前面就說過，王英在清風山喝過不少用人心肝做的醒酒酸辣湯，連心肝也要用冷水處理一下，脆了好吃。

據說每個人都有優點，就看你會不會找。但是王英實在是個例外。施耐庵自己都瞧不上他，給他的稱號是「地微星」，意思就是微不足道的小星星。歷來的點評者提到王英，也都是嗤之以鼻的樣子。只有李贄獨具隻眼，發表過一番謬論：

「王矮虎還是個性之的聖人，實是好色，卻不遮掩，即在性命相並之地，只是率其性耳。若是道學先生，便有無數藏頭蓋尾的所在，口夷行蹠的光景。嗚呼！畢竟何益哉！不若王矮虎實在，得這一丈青做個妻子也，到底還是至誠之報。」

這是說做流氓做到不害臊的程度，就是聖人。這種「童心說」之類的胡言亂語，也不必當真。

總之，宋江讓扈三娘嫁的，就是這麼一個醜陋、貪財、淫蕩、獸性的下三爛。扈三娘是大戶人家的富貴小姐，爹疼哥寵，別說嫁了，估計這輩子都沒見過這樣的人。她原來的未婚夫雖然是個混蛋，但至少不會半夜爬起來咯吱咯吱的吃人心。

可是扈三娘毫不猶豫就答應了，「見宋江義氣深重，推卻不得，兩口兒只得拜謝了」。當天兩人就成婚了，扈三娘和王英入了洞房。

這離扈家被滅門相差不過幾天，宋江連悲傷的時間都沒有留給扈三娘。書上說，「眾人皆喜……當日盡皆筵宴，飲酒慶賀」，李逵應該也在慶賀之列。

這個情節發生在《水滸傳》第五十一回，文風最平淡也最恐怖的一段。

被綁架還死了父母，扈三娘為了活下去只能選擇遺忘

施耐庵寫這段婚姻，並非全是向壁虛造。

在元雜劇裡，就有王矮虎和一丈青這對夫妻。但問題是，元雜劇裡的王矮虎沒有這麼齷齪，而一丈青就是一丈青，並不叫扈三娘，也沒有被滅門的情節。那麼為什麼施耐庵要把王矮虎寫成一個讓人噁心的下三爛？為什麼又要給扈三娘安排這麼一段可怕的經歷？

難道他是厭女症發作，非要寫一個沒心沒肺的女傻子嗎？那倒也不是。

施耐庵說扈三娘「是個機警、聰敏的人」，而且他送給扈三娘的稱號是「地慧星」，也是強調她的聰慧。很可能在施耐庵的眼裡看來，只有一個聰慧的人，才會有扈三娘這樣的反應。她不是傻，而是聰明。她的本能告訴她：這就是生存之道。

在極端環境下，人會有很多保護自己的本能。

比方說瘋狂。

我們都認為發瘋是一種疾病。可有的時候，發瘋是一種潛意識的理性決定。如果壓力過於巨大，神經系統可能徹底坍塌，甚至導致人的死亡，這個時候，發瘋就是一種自救。它像一道堤壩，把人吱吱作響、行將斷裂的神經線，強行與外面的可怕世界隔離

開來。

同樣，冷漠也是一種自救方式。當一切太過恐怖、太過難以理解的時候，你可以切斷自己的情感，遺忘自己的過去，不去理解那些無法理解的事情，不去審視那些恐怖得讓人難以審視的事情。

你讓自己變成一片空白，你讓自己喝酒，你讓自己聽這外面的大吹大擂，你讓自己裝得一切都很正常。

這樣，你才能活下去。

這並不只是讓別人不殺死你。事情沒有那麼簡單。當然，你拒絕他們，他們可能殺了你。但如果只是求生，你簡單的偽裝就可以了。你可以表面上配合他們，默默的把一切記在心裡。

可關鍵的問題在於：你怎麼面對自己？

設身處地站在扈三娘的位置上想一想，就會明白她置身於一個魔鬼般的世界。她無力擺脫，但也沒有勇氣決裂。她只能和身邊的魔鬼共存下去。她不得不和一個猥瑣食人丈夫同床共枕。群雄大結義時，她甚至不得不和李逵一起跪下，宣誓：「但願生生相會，世世相逢，永無斷阻！」

難道自己是在暫時委曲求全，以便日後更好的復仇？可她知道自己不是。她就是怕了，和很多脆弱的人一樣，害怕了。一個從未經過風雨的富家小姐，陷身於一個陌生的虎狼巢穴裡，她害怕了。就是這麼簡單。

可她該怎麼向自己解釋這一切？她又該如何面對自己的屈從？「乖覺」的地慧星扈三娘，本能的選擇一個拯救自己的辦法，那就是遺忘，把情感的閘門關閉起來，裝作這一切從沒發生，無關緊要。

扈大小姐的斯德哥爾摩症候群

很快，扈三娘就開始替梁山作戰，立下了赫赫戰功。她活捉過彭玘（音同起），擒住過郝思文和溫克讓，還擊敗過遼國天壽公主，戰功遠遠超過了丈夫王矮虎。但是按照梁山的預設規則，女人的排名順序不能超過丈夫，所以扈三娘排座次的時候只能排在第五十九位，位於王英之後。

在歷次作戰中，扈三娘甚至還跟李逵打過配合。三敗高太尉的時候，李逵帶步兵從左邊進攻，扈三娘帶馬軍從右邊進攻，然後兩軍會合作戰。

當時，扈三娘在想些什麼？

很可能什麼都沒想，也沒法想。

扈三娘出場時還是那麼颯爽。在攻打大名府的時候，施耐庵又給她寫了一首詞：

玉雪肌膚，芙蓉模樣，有天然標格。金鎧輝煌鱗甲動，銀滲紅羅抹額。玉手纖纖，雙持寶刀，恁英雄烜赫。眼溜秋波，萬種妖嬈堪摘。……

一個美人模樣。

但是扈三娘說話辦事的風格卻越來越粗俗。她剛出場的時候，矮腳虎王英和她交手，動作輕薄，一副想吃豆腐的樣子。扈三娘心中道的是：「這廝無禮！」很生氣，一陣狂風暴雨式的進攻，捉住了王英。這就屬於富家小姐被人輕薄後的嗔怒反應。

她上梁山以後，打的第一場仗是替換花榮。這個時候扈三娘說的是：「花將軍少歇，看我捉這廝！」也還是正常人的口吻。

可是到了最後，扈三娘一張嘴卻跟街上的流氓潑婦差不多了。那是在征討田虎時，對方出來一位叫瓊英的女將。「臉堆三月桃花，眉掃初春柳葉」，非常漂亮。王矮虎雖然現在有老婆，但沒改猥瑣淫蕩的勁兒，看見女人又搶先衝過去。交手時他又是心猿意馬，想占別人便宜。瓊英想道：「這廝可惡！」覷個破綻，一戟刺中王英左腿。

整個過程跟當年扈三娘與王英交手的情形幾乎一模一樣。這時候扈三娘在後面罵起來了：「賊潑賤小淫婦兒！焉敢無禮！」

明明是你老公淫賤，人家瓊英怎麼賤，怎麼淫了？又怎麼無禮了？

整本《水滸傳》裡打仗的次數多了，雙方見面也對罵，可也很少見這麼粗口的。當年扈家莊的大小姐，「天然美貌海棠花」，現在一張嘴比王婆還牙磣。而她破口大罵的人，又分明像當年的自己。

實在難以想像，她跟王英結婚的這些年，到底都發生了什麼。

我們會說扈三娘這是典型的「斯德哥爾摩症候群」。大致就是說，人質被劫持後，會對劫持她的人產生感情依賴，甚至會認同劫持者，為他們服務。根據美國聯邦調查局的統計，大約有四分之一的人質會產生程度不同的症狀。

歷史上有很多這樣的例子，最有名的一個例子可能就是一九七四年的帕蒂．赫斯特（Patty Hearst）綁架案。

帕蒂是報界大王的孫女。她在十九歲那年，被一個恐怖組織綁架了。根據她自己的陳述，在被綁架期間她不僅被威脅、毆打，而且還遭到性侵。開始時她當然很害怕，但沒過多久，她就對這個恐怖組織產生了斯德哥爾摩情結。被綁架兩個月以後，帕蒂決定留在恐怖組織裡，並且給自己起了一個新名字「塔尼亞」。幾個月後，這個恐怖組織闖入一家體育用品商店，帕蒂像扈三娘一樣衝鋒陷陣，「打光了卡賓槍中的所有子彈，隨後她拿起另一支步槍，再次打光了子彈」。此時的帕蒂已經完全認可了自己的新身分。此後，她又多次參與了犯罪襲擊。

所以說，施耐庵並不是瞎寫。在現實中，這完全是可能的。人在極端環境下，不僅會屈從，而且會產生情感依賴。比方說扈三娘對矮腳虎王英就很有感情。

王英對扈三娘未必有多好。

雖然電視劇裡王英對扈三娘好像情深義重，但那是導演自己瞎改的。在《水滸傳》原著裡，完全看不出他對扈三娘有什麼體貼之處，看見別的女人還是猴急猴急的，當著妻子的面就上去輕薄瓊英。扈三娘作戰時，也從沒見他著急過。

但是王英一旦出現危險，扈三娘就豁出命的往前衝。最後扈三娘戰死，也是為了王英。在睦州城外，王英和鄭彪交手，被對方一槍戳死。扈三娘為了給王英報仇，揮著刀就衝上去了。鄭彪撥馬便走，扈三娘還是不依不饒的追，最後人家轉身用暗器把她打死了。

為了王英這麼一個淫蕩齷齪的下三爛而死，值得嗎？

但是扈三娘對王英的感情是真實的。其實這也不難理解。生活在黑暗中的人太渴望光亮，生活在寒冷中的人太渴望溫暖，當你不敢恨的時候，你可能就會去愛。

不然，你又怎麼看待自己的人生？

所以，宋江假模假式的認她當乾妹妹的時候，扈三娘可能真的是感激的。

醜陋猥瑣的王矮虎躺在她身邊時，她可能真的是有愛意的。

我們可能會覺得這種想法有點變態。但這真的很奇怪嗎？面對無法抵禦的恐怖力量，人們有時候就是會認同它，戀慕它，委身於它。通過這種方式，人們找到了讓自己活下去的理由。

比扈三娘還慘，那些被遺忘的少女

在梁山上，其實還有一個女人比扈三娘更慘，那就是東平府太守程萬里的女兒。

東平府有個雙槍將董平，一向以風流自許，連箭壺上都要插個小旗，寫著「英雄雙槍將，風流萬戶侯」。其實他不是風流，而是下流。董平聽說程太守的女兒長得很美，屢次找人上門提親。程太守不太樂意，沒有爽快答應。結果董平被宋江擒獲以後，不但馬上投降，還忽然提高覺悟，惦念起了東平府的群眾：「程萬里那廝原是童貫門下門館先生，得此美任，安得不害百姓？」

董平替天行道，帶著梁山軍馬，騙開東平府大門，直奔太守衙門，「殺了程太守一家人口，奪了這女兒」。這個女兒就跟著董平上梁山了。

一個知府的千金小姐，忽然看見一個莽漢帶著人衝進來，殺了自己全家親人，血淋淋的站在屍體堆裡，她會怎麼想？這個大漢把自己拽進洞房，她又會怎麼想？

書上完全沒有交代。

事實上，像程小姐這樣的經歷，在歷史上有過很多例子。戰爭中，殺戮男性、劫掠女性，很常見。歷史書也很少會交代這些女人的心態。

程小姐比扈三娘的處境更糟糕，王英至少不是殺害扈三娘全家的凶手。而且扈三娘有武藝，可以向梁山證明自己的存在價值，而程小姐呢？她唯一的存在價值就是董平需要她。如果不是董平想要她，攻克東平府的那一刻，她就該死了。

她要活下去，唯一的辦法就是依附董平，依附於這個殺她全家、毀掉她一生的惡魔。董平在征方臘中戰死了。他死了以後，程小姐的下落又如何？書上沒有交代，但想來未必很好吧。

妮可·基嫚演過一個電影，叫《厄夜變奏曲》（*Dogville*）。少女葛瑞絲為了躲避黑道，逃亡到了狗鎮，為這裡的居民做點雜務，換取他們的庇護。但是，隨著時間的推移，鎮民知道葛瑞絲無依無靠，漸漸露出了猙獰面目。發展到後來，他們把葛瑞絲像條狗一樣鎖起來，隨心所欲的對待她。她不斷被欺凌、被性侵，成了囚徒和奴隸。最後，有人向黑道告發了葛瑞絲，說他們想要的人就在這個鎮子裡。黑幫來了，來迎接他們首領的獨生女葛瑞絲。原來葛瑞絲逃到狗鎮上，只是因為不願意繼續父親的生意。

葛瑞絲從囚籠裡鑽出來，殺掉了鎮上的每一個人，只剩下了一條狗。對程小姐來說，梁山就是狗鎮。在這裡，好漢們大秤分金銀，異樣穿綢緞，過著豪爽痛快的日子，可它同時也是程小姐的囚籠。扈三娘的命運好一點，她靠自己的武藝掙得了一席之地，付出的代價是切斷關於以往的所有記憶。而程小姐連這個機會都沒有。

她不像葛瑞絲有黑幫老大的父親，而且她父親被殺掉了，誰也不會架著七彩祥雲過來救她。沒有人知道她在梁山上怎麼度過一個個日夜的。書上再也沒有提到過她。施耐庵忙著描述一場場戰役，把她給忘記了。

不光施耐庵忘記了，讀者也忘記了。如果不是寫扈三娘，我也想不起來梁山的某個角落裡，還有這麼一個少女。

這個少女在最美好的青春時代，被人從太守府運到了梁山，從此再無消息。

9

讓我來教你做個好男子

——拚命三郎石秀

為人機智，人稱「拚命三郎」，在薊州街頭因打抱不平而與楊雄結拜為兄弟。

梁山好漢排行第三十三，對應天慧星。

在《水滸傳》裡出場的女人有好幾十個，但是大部分都面目模糊。林冲的太太是什麼樣子？徐寧的太太又是什麼樣子？說不清楚。整本書看下來，形象比較鮮明的女人也就八、九個。

而這幾個女人裡，差不多有一半在殺人，另一半在偷人。只有在寫到這兩種女人時，施耐庵才會精神抖擻，文思泉湧。

那麼，這些女人為什麼要偷情呢？當然，有一個原因是性壓抑。

拿閻婆惜來說，她偷情的理由之一就是宋江「只愛學使槍棒，於女色上不十分要緊」。當然這個說法有點可疑，因為宋江從沒施展過什麼武藝，槍棒云云，聽上去更像是個幌子。王望如評點《水滸傳》時，說宋江「其於色欲，強弩之末」。這個說法可能更接近真相。

不光宋江是這樣，盧俊義也存在這方面的問題，「只顧打熬氣力，不親女色」，就像岳不群一樣，練武練到把性能力練沒了。

這樣一來，太太賈氏當然就比較容易出軌。

但是性只是一方面，在此之外，其實還有一個更大的問題，那就是寂寞。

仔細讀《水滸傳》的話，會發現當時良家婦女的生活實在太寂寞了。她們被困在一個非常狹小的空間，幾乎和外界完全隔絕。

拿潘金蓮來說，她天天窩在家裡，最多和鄰居王婆走動。而且就算去找王婆，也是通過後門來往，並不通過大街。所以別看陽穀縣這麼小的地方，西門慶又到處閒逛，可居然從沒見過潘金蓮。兩人能碰面，還是因為潘金蓮開簾子的時候，簾叉掉下來了。

而且，在那個年代，潘金蓮這麼打開簾子往外看熱鬧，其實很不守規矩。武大郎就不樂意她這麼做。鬧了幾回以後，潘金蓮每天估摸著他快回來了，就會「先自去收了簾子，關上大門」。她倒不是怕武大郎，而是作為一個良家婦女，潘金蓮默認了社會對自己的規範。

你看，像潘金蓮這麼潑辣的人，也要接受這種坐牢似的處境。那麼潘金蓮待在家裡幹什麼？

從書裡看，也沒什麼事可做。就是坐著等武大郎回來。太陽出來，太陽落山，一天天就這麼過去。武大郎還能走街串巷，經歷各種各樣瑣碎的小事件。可潘金蓮就在屋子裡待著，「獨自一個冷冷清清立在簾兒下」。

一天下來，什麼事情都沒有發生，而且也不會發生。

人需要社交，需要行走，需要變化和外界刺激。沒有這些東西，人會抓狂，何況潘金蓮本身又是個生命力旺盛的人，更加難以忍受這樣的日子。

設身處地想一想，就會明白其中的可怕。那個時候沒電視、沒網路，關起門來，時間就像一團讓人窒息的泥漿，身心就像一潭毫無波瀾的死水。這就不光是性壓抑不壓抑的問題，而是生命本身在枯萎。

她需要發生一些事情。

這就像把你關在一個絕對靜音的屋子裡兩天，你就會渴望聽到聲音。不管是什麼聲音都行，但必須得有聲音。

這個時候王婆和西門慶出現了。這不僅意味著一段豔遇，也意味著一種變化，一段故事跟一種可能。就像在靜音室裡忽然出現了一個聲音。

然後她就死死抓住了這個聲音。

我總覺得，潘金蓮的偷情，與其說是性欲的驅使，更像是她要在生命裡抓住點什麼，來填補那片巨大的空白。

宋代陌生男女見面，馬上來電四〇%

潘金蓮是這樣，楊雄的妻子潘巧雲也是如此。潘巧雲出軌的對象是和尚裴如海。為什麼跟和尚出軌呢？因為她沒有太多選擇。她的社會階層比潘金蓮高一些，武大郎是個賣炊餅的，而楊雄是個公務員，家裡挺有錢，潘巧雲還使喚著丫鬟。但這個階層的婦女跟外界更加隔絕。她能接觸到的男人除了親戚、奴僕，就只能以宗教的名義接觸和尚了。你讓她跟秀才出軌，她也沒地方找。

但就算是和尚，潘巧雲要想接觸也不容易。她出趟門很麻煩，還得撒謊說替母親還願，要去廟裡一趟。而且潘巧雲還怕丈夫楊雄起疑，不自己說，而是讓父親潘公去跟丈夫說。

其實按當時的標準看，楊雄在這方面心胸很大。他覺得潘巧雲這麼幹有點多餘了：「你便自說與我何妨。」

潘巧雲回答：「我對你說，又怕你嗔怪，因此不敢與你說。」

潘巧雲拐這麼個彎子，也許是因為看上裴如海，所以有點莫名的心虛。但從一個側面，也反映了當時女性普遍的處境。男人像防賊一樣防著家裡的女人。潘金蓮開著簾子，武大郎都會覺得不安；潘巧雲去廟裡還個願，都會怕楊雄責怪。

這是因為在當時的人看來，女人和外部世界的任何接觸，似乎都意味著出軌的可能性。金聖歎就覺得絕不該「縱其妻婦女登山入廟」，應該把她們都關在家裡，否則極易發生「不堪之事」。我們多半會覺得金聖歎太封建，也太敏感了，哪就這麼容易出軌的？去趟寺廟就跟和尚睡了，沒有這個道理嘛。但實際上，金聖歎的想法也不是完全的多慮。

王婆大概也是這麼想的，她把潘金蓮和西門慶同時請到家裡來，按照她的分析，如果西門慶進來的時候，潘金蓮不起身就跑，「這光便有四分了」。

哪怕是大白天，哪怕旁邊還有第三者在場，女人看見陌生男人不跑，就有四〇%上床的可能。在當時的社會空間裡，就存在這麼強大的性張力。男人和女人往那一站，周圍空氣裡就劈里啪啦閃耀著性的火花。

至於這麼誇張嗎？

可能還真至於。這就像一個自我實現的預言。你越把兩性隔離起來，男女之間的性敏感度就越高；而男女之間的性敏感度越高，就越需要隔離起來防止偷情。

所以，西門慶在陽穀縣住那麼久，也沒見過潘金蓮。可是兩人第一次聊天，就直接上床了。

妨礙名譽，石秀要人用命來賠償

在《水滸傳》裡，偷情的代價都是死亡。但是這些死亡未必都是嫉妒造成的。妻子出軌了，丈夫當然會憤怒。但是這種憤怒未必會導致殺人。很多時候，殺人不是出於單純的憤怒，更多的是源自外部的壓力。男權就像一個魔咒，固然把女人困在裡面，但有的時候束縛住男人。

比如潘巧雲偷情以後，楊雄把她綁在樹上殺掉了。而且殺得很慘，剖腹挖心。那楊雄這麼做，真的是出於憤怒嗎？

並不是。

如果沒有石秀的施壓，楊雄很可能不會這麼做。

說到這兒，就要提到石秀這個人。在《水滸傳》裡，這個人真是一個絕對的另類。

石秀做起事來非常的陰毒，甚至超過了宋江和吳用。而且他的陰毒更難捉摸，混雜著強烈的自尊心和報復欲，而且可能還摻雜著扭曲的性欲。

關於性欲這一點，我們可以看潘巧雲出場時那段描寫。當時石秀跟楊雄剛剛結拜。既然都是一家人了，楊雄就領著他見潘巧雲。書上是這麼寫的：

> 石秀看時，但見：黑鬒鬒鬢兒，細彎彎眉兒，光溜溜眼兒，香噴噴口兒，直隆隆鼻兒，紅乳乳腮兒，粉瑩瑩臉兒，輕嫋嫋身兒，玉纖纖手兒，一撚撚腰兒，軟膿膿肚兒，翹尖尖腳兒，花簇簇鞋兒，肉奶奶胸兒，白生生腿兒。更有一件窄湫湫、緊搊搊、紅鮮鮮、黑稠稠，正不知是甚麼東西。

這眼光真是下流到了極致，像X光一樣，「看透」潘巧雲。

但是我們可以對比一下武松見嫂子的場景。

潘金蓮一出來，武松看她的時候也有一段描寫，但也就是說她長得漂亮，神態輕浮，「眉似初春柳葉，臉如三月桃花」。總之，看的都是能看的地方，並沒有像石秀那樣把嫂子看得如此透徹深入。

跟武松比起來，石秀的這次相見，有一種爆棚的性張力。而且到了後來，石秀自己也覺得潘巧雲對他有意思。他曾經回憶道：「我幾番見那婆娘常常的只顧對我說些風話（男女間戲謔挑逗的話）。」潘巧雲真的對石秀說過風話麼？

不好說。

因為書上從沒提到潘巧雲試探過石秀，連一點暗示都沒有。但另一方面，作者卻強調過石秀生性多疑。他這個人心思太重，聯想力超強，用現在的話說就是喜歡腦補。

比如，他總在人際關係上胡思亂想。楊雄的老丈人潘公開了一家屠宰作坊，請石秀幫忙。結果過了兩個多月，有一天潘公家裡要做法事，石秀又正好不在，就臨時把店面關了。

石秀從外頭買豬回來，發現鋪子沒開張，刀杖傢伙也收起來了。換上正常人，肯定是找潘公問這是怎麼回事，可是石秀沒有。他馬上開始回憶，想到一系列複雜的事情，甚至連前兩天自己做了一套新衣服都聯想到了。

常言：「人無千日好，花無百日紅。」哥哥自出外去當官，不管家事，必然嫂嫂見我做了這些衣裳，一定背後有說話。又見我兩日不回，必有人搬口弄舌，想是疑心，不做買賣。我休等他言語出來，我自先辭了回鄉去休。自古道：「那得長遠心的人？」

思想活動真是曲折複雜，幽怨起伏。

石秀馬上收拾包裹行李，細細寫了一本清帳，然後去見潘公辭行，還把帳本交給潘公，發誓說：「且收過了這本明白帳目，若上面有半點私心，天地誅滅！」

把潘老頭直接給整懵了。

石秀看見「一」能聯想到「五千七百八十五」。他覺得潘巧雲對他說風話，我們真的要打個折扣聽。因為按照他的腦補能力，潘巧雲說什麼都可能被理解為風話。

比如，潘巧雲說：叔叔喝水。

石秀就會聯想：嫂嫂為什麼讓我喝水？她為何不讓別人喝水？明明是茶，她為什麼說是水？水能滅火。她是暗示我心裡有火。什麼火？難道是慾火？難道是我對她那「黑鬒鬒鬢兒，細彎彎眉兒」等等等等的慾火？這不是風話又是什麼？啊呀，這婆娘原來竟是這樣的人！錯看了我這頂天立地的好漢！

所以說，做人心思太細了，也不是好事。

而且石秀不光生性多疑，而且自尊心也強烈到畸形的程度。從他找潘公辭職那一段就能看得出來，有點風吹草動，他就害怕別人懷疑自己的人品，就要發誓。這樣的人要是被人冤枉，那是絕對無法忍受的。而石秀偏偏被冤枉了。

潘巧雲與和尚裴如海有私情後，石秀天天四點多鐘就爬起來偵查，終於發現了問題。他跑去找楊雄，向他揭發了這件事情。當時他的提議是：你不要出面，趁這個和尚幽會的時候，我把他抓來，由你發落。

這個提議隱約帶點殺氣，但並沒有針對潘巧雲。

誰料到事情發生了變化。楊雄當天晚上喝多了，回到家一通亂罵，說漏嘴了。潘巧雲也是個機靈人，馬上開展自救，說石秀調戲她，而楊雄也就信了。

從這一刻起，石秀對潘巧雲就真的起了殺機。

對他來說，楊雄戴綠帽子的事情倒是次要的了，關鍵是要洗清冤枉，然後弄死潘巧雲。

這裡面起作用的，主要是石秀受傷的自尊心。

那麼有沒有性嫉妒的影子呢？也許有那麼一點，但我們並不能確定。

我們能確定的是，這裡肯定沒有什麼義氣的成分。如果他對楊雄真有義氣，最後就不會把楊雄一步一步逼到絕境上。

空有武藝沒用，楊雄一直被牽著走

楊雄是個不折不扣的庸人。

楊雄一出場就顯得有點窩囊。他是劊子手，專門砍人腦袋。他亮相的那天，正好殺了人，正敲鑼打鼓的往回走。按照當時的規矩，劊子手出紅差[57]後，身上有煞氣。所以他路過的商鋪，都要送點禮物做彩頭，好沖掉這股煞氣，其實也是害怕楊雄在自己門口多停留，把店鋪的運氣給弄壞了。所以楊雄一路上收到了很多「禮物花紅」、「段子采繒」，專門有兩個小牢子給他捧著。他走在前頭，一副意氣風發的樣子。

誰知道忽然過來幾個軍漢，領頭叫張保，外號「踢殺羊」。人家厲害的都是號稱「踢南山猛虎」，這個只是踢羊，一聽也就是個普通混混。張保帶人圍著楊雄，先說是

57 砍頭。

借錢，跟著就是明搶，把花紅緞子都搶走了。楊雄想要動手，結果幾個人拉胳膊、推胸脯，「楊雄被張保並兩個軍漢逼住了，施展不得，只得忍氣，解拆不開」。

這個場景可以說是楊雄性格的一個象徵。

楊雄其實武藝很高，甚至曾一棒子打翻過燕青。一個踢羊的張保，加上幾個混混，根本不是他的對手。他完全可以打翻這些人，但是他遲疑之下，磨磨蹭蹭的，居然被人「逼住」，解拆不開。這就不是武功的問題，而更多的是性格問題了。

不光張保能逼住他，後來石秀也能逼住他。不過張保用的是手，而石秀用的是嘴。因為楊雄這種人，很容易被人牽著鼻子走，最後莫名其妙被逼進一個死角裡，「解拆不開」。不管楊雄武功有多高，本質上還是一個缺乏主見和決斷的庸人。但是楊雄也有優點，比如他比較厚道。

就拿潘巧雲勾搭和尚這件事來說，事情的起因是做法事。準確來說，是潘巧雲給前夫做法事。潘巧雲是二婚，先嫁了一個王押司，王押司死了，才嫁給了楊雄。現在潘巧雲在家裡做法事，要超度前夫，所以裴如海才來了。

這事就算擱在現代人身上，多少也有點尷尬。但是楊雄也沒說什麼，做法事時找個藉口躲了出去，臨走前還怕潘公一個人照應不過來，特意叮囑石秀去幫忙。

從這兒看，還是挺厚道的一個人。

再比方說，潘巧雲誣陷石秀，說他調戲自己。楊雄相信了，相信以後呢？他並沒有跑去罵石秀，只是讓潘公拆了鋪子，肉鋪的生意不做了。而且「怕石秀羞恥」，不跟石秀打照面，自己躲了開去，算是給對方留了臺階。

這也是楊雄厚道的地方。

性格厚道，沒有主見，聽上去似乎是個人畜無害的老好人。其實不是這麼回事。因為楊雄有一個軟肋，那就是特別愛面子，生怕別人覺得他不是英雄好漢。

在當地，大家好像並不怎麼覺得他是英雄好漢。張保光天化日之下，就敢搶他的東西。石秀認識楊雄後，潘公也對石秀說過：「我女婿得你做個兄弟相幫，也不枉了！公門中出入，誰敢欺負他！」

這說明潘公也擔心楊雄受欺負。

但越是這樣，楊雄就越怕別人覺得他窩囊，越想擺出英雄好漢的樣子。但越想當英雄好漢，越容易被人牽著鼻子走。

潘巧雲誣陷石秀時，就先豎個旗幟：「今日嫁得你十分豪傑，卻又是好漢，誰想你不與我做主！」

一句話就把楊雄逼住了。

你不相信妻子的話，是你心思縝密講究證據，還是沒種，不敢替妻子出頭？楊雄要做好漢，只能「心中火起」，破口大罵，第二天就把鋪子拆了，要攆石秀走。

潘巧雲看穿了楊雄的軟肋，石秀也一樣。石秀被潘巧雲誣陷以後，為了自證清白，索性搞個天翻地覆。他把裴如海給殺了，屍首脫得一絲不掛，扔在楊雄家的巷口。這就等於給楊雄擺出了證據，然後他就跑去向楊雄攤牌。

這段對話很有意思。

這時候，楊雄已經確信妻子出軌了，那他有沒有殺死潘巧雲的打算呢？肯定沒有。

楊雄先是怒氣衝衝的大罵：「我今夜碎割了這賤人，出這口惡氣！」聽上去好像很凶惡，馬上就要殺人，可是石秀試了他一句：「你又不曾拿得他真奸，如何殺得人？」

楊雄一聽，馬上順杆爬，話鋒一轉，擺出一副不甘心的樣子：「此怎生甘休得？」先是喊打喊殺，轉眼就嘆息：難道就這麼算了不成？聽上去好像是不肯甘休，其實已經留了甘休的後手。

這個時候，如果換上一個正常朋友說：「為了這麼一個女人，不值得，你知道這個事就行。算了算了。」楊雄多半就會順坡下驢，最多把潘巧雲休了，不至於鬧出人命案子。

可他碰上的偏偏是石秀：「哥哥只依著兄弟的言語，教你做個好男子。」換句話說，你不依我的言語，你就不是個好男子，你就是個孬種。楊雄最怕人家覺得他是孬種，這句話一下子就把他逼到死角了。

石秀出的是什麼主意呢？

城外有一座翠屏山，「好生僻靜」。他讓楊雄把潘巧雲和丫鬟迎兒帶到翠屏山上，石秀和她對質，當面把話說清楚。

這個計畫太歹毒了。

事到如今，事情已經清楚了，楊雄也不疑心他了，還有什麼可對質的呢？可石秀非要對質。既然潘巧雲誣陷了我，那就要她當著我的面，把原話一句一句嚼碎了咽下去！

至於為什麼不在楊雄家對質，非要選在偏僻的翠屏山，那當然是為了方便殺人。石秀把計畫都安排好了：他不殺人，他逼著楊雄去殺人。

楊雄再傻，也意識到了這個計畫裡的殺氣，他推脫說：「兄弟何必說得！你身上清潔，我已知了，都是那婦人謊說。」金聖歎讀到這裡，評論了一句：「楊雄似不肯。」去翠屏山太危險，楊雄確實不太樂意。

但石秀又逼了一句：「不然！我也要哥哥知道他往來真實的事。」你戴綠帽子的細節，怎麼能不聽清楚呢？

楊雄無路可退，就應承了下來，但口氣裡多少有點無奈：「既然兄弟如此高見，必不差了。」

事情敲定了，臨走時，石秀又丟下一句話：「小弟不來時，所言俱是虛謬！」這句話有些咄咄逼人：我要是不來，說明我在說謊；那反過來，你要是不來，就說明你是孬種。

當一個豬隊友拆了你所有臺階

在男權社會裡，老婆出軌，對男人來說確實很羞恥，會激發男人的怒氣。但這種憤怒裡，只有一小部分是出自生物本能的嫉妒心，更大部分則來自社會規則的壓力。社會規則認為你應該憤怒，應該非常憤怒，應該馬上採取行動，最好殺了姦夫淫婦，不然你就是窩囊廢。

比如潘金蓮偷情那次，賣梨子的小販鄆哥跑去找武大郎揭發，先是好一通鋪墊：你是個鴨子，你被人倒提起來也無法，讓人煮在鍋裡也沒氣。然後才告訴武大郎：你老婆偷人了。武大郎略有遲疑，鄆哥就說：你居然是這般的鳥人！

那武大郎還能怎麼辦？只能跑去捉姦了，然後被人一腳踹倒。這個時候如果沒有鄆哥的壓力，是武大郎自己悄悄破的案，他會這麼怒火中燒的捉姦嗎？

我覺得多半不會。他很有可能會用其他方式解決這個問題。這樣一來，武大郎、潘金蓮、西門慶都不會死。

誰說男權只壓迫女人呢？有的男人也會被男權給逼死。

現在楊雄同樣面臨這個問題。潘巧雲是二婚，跟楊雄結婚不到一年，中間楊雄又經常不回家，兩人感情基礎深也深不到哪裡去。現在潘巧雲出軌了，要說憤怒，楊雄肯定憤怒，但真的憤怒到了要殺人的地步嗎？

楊雄好端端的當著公務員，有房子、有產業，生活挺安逸。這一殺人，一切就都毀了。為了一個結婚不到一年的潘巧雲，值得嗎？換上厚道些的朋友勸解兩句，有個臺階下，那按照楊雄的性格，他肯定會接受這種勸說。從他話裡話外的那種推脫不樂，就能看出他並不怎麼熱衷於報復。

可石秀偏要讓他做「好男子」，而楊雄偏又最怕別人說他窩囊，所以只能被牽著鼻子走，帶著潘巧雲上了翠屏山。

在翠屏山上，石秀主導了整個局面。他說：「此事要問迎兒！」

楊雄就把迎兒抓來問話。

他說：「請哥哥問嫂嫂！」楊雄就把老婆揪來問話。

石秀把通姦的每個細節都盤問得結結實實，一再強調：「此事含糊不得！」其實潘巧雲已經承認通姦了，具體怎麼勾搭的，怎麼聯絡的，怎麼上床的，這些細節有什麼含糊不得的？

你說，這是為了破案，還是為了過癮？石秀這麼做，是不是有性心理的驅動，不好說，但他至少有一個明顯的目的，那就是激發楊雄的怒火。

楊雄的憤怒確實被挑起來了，但就算在這個時候，楊雄還是留了後路。他審迎兒時，說：「實對我說，饒你這條性命！」審潘巧雲時，說：「再把實情對我說了，饒了你賤人一條性命！」

這可以理解為審問的技巧，但確實也給自己留了一個臺階。但問題是石秀把這個臺階給拆了。就像袁無涯點評這段情節時說的：「翠屏山上楊雄猶無主意，終賴石秀做得一個烈丈夫。」

審問完了，石秀說：「今日三面說得明白了，任從哥哥心下如何措置。」這句話把楊雄逼到牆角。楊雄就把潘巧雲綁在樹上，擺出一副要殺人的樣子。

但是，他沒有殺人工具。楊雄上翠屏山的時候，已經知道潘巧雲通姦了。但他並沒打算殺她，也沒打算殺人後潛逃。所以楊雄沒有帶刀子，也沒帶盤纏，空著手來的。看這個架勢，他是打算當著石秀的面，把潘巧雲發作一番，然後原樣抬回家。

可在這個時候，石秀悄悄把刀遞過來了，說：「那也殺了迎兒吧！」

在整本《水滸傳》裡，這也許算不上最血腥的一幕，但肯定是最陰毒的一幕。上翠屏山的時候，楊雄什麼都沒準備，可石秀什麼都準備好了，殺人的刀、路上的盤纏，還有未來的去向：梁山泊。

在翠屏山上，潘巧雲變成了一堆狼藉血肉，楊雄變成了一個亡命天涯的通緝犯。而石秀則成了楊雄生死不渝的兄弟。

日後楊雄回想往事的時候，會不會詫異自己怎麼會變成通緝犯的？明明休妻就可以解決的問題，為什麼會演變成殺人？

但是他不能把事情怪到石秀身上，因為那就得承認自己並沒有那麼憤怒；就得承認自己殺妻只是為了面子；就得承認自己是個被石秀牽著鼻子走的傻子。

為了自尊心，他只能認定石秀是好兄弟：他殺裴如海，是為了我好；他讓我帶潘巧雲到翠屏山，是為了我好；他覆盤通姦的每一個細節，是為了我好；他給我遞刀子，也是為了我好。

他是為了讓我做一個頂天立地的好男兒。

好男兒聽說老婆出軌了，都會憤怒得發狂，都會不惜代價的殺人。

我以為自己一開始沒那麼憤怒，那是記憶的錯覺。我聽說潘巧雲出軌了，第一反應肯定就是把她碎屍萬段！答應饒她，只是審問的技巧；沒帶刀，只是忘了。而石秀不過是作為兄弟配合我。

一切都源於我自己的憤怒。

因為我是一個頂天立地的好男兒。

10

一個浪子的成長
——浪子燕青

自幼父母雙亡，是盧俊義的心腹家僕。燕青渾身刺青、容貌俊秀，文武雙全，多才多藝，智勇、才德兼備，是梁山泊少數善終之人。梁山好漢排行第三十六，對應天巧星。

燕青是非常有現代感的水滸人物。你把武松放進金庸、古龍的武俠小說裡，會顯得有點怪異，但要是把燕青放進去，就不會有太大問題。他完全可以跟楊過一起聊天，跟陸小鳳一起拚酒，對方也不會覺得有什麼違和感。

而且燕青比楊過和陸小鳳還要帥。金庸提到楊過的時候，也就是含糊說了句「相貌清秀」，似乎不是驚天動地的那種帥。但是燕青就不一樣，書上濃墨重彩的渲染，「脣若塗朱，睛如點漆，面似堆瓊」，還專門為燕青寫過一首詞：

> 褐青包巾遍體金銷。鬢邊一朵翠花嬌，鸂鶒玉環光耀。紅串繡裙裹肚，白襠素練圍腰。落生弩子棒頭挑，百萬軍中偏俏。

可見，燕青是整個梁山的顏值擔當。尤其他光膀子時，滿身刺繡，「一似玉亭柱上鋪著軟翠」，連李師師看了都動心。用現在的話來說，燕青就屬於頂級小鮮肉。

不過帥歸帥，書裡的燕青跟我們在電視劇上看的不太一樣。按照現代人的審美觀，燕青多少有點瑕疵。比方說，燕青很矮，只有「六尺以上身材」。

《水滸傳》裡的度量衡很模糊，彈性很大。比如，盧俊義身高九尺，宋江身高六尺。按這個比例，就算宋江身高只有一百五十公分，盧俊義的身高則是兩百二十五公分，這個數字有些誇張。所以，我們不能把《水滸傳》裡提到的身高尺寸，當成真實數字，只能當成修飾詞。

施耐庵的意思就是宋江很矮，盧俊義很高。

至於燕青「六尺以上身材」，按照書中細節來推測，差不多是一百六十公分。用現代人的角度看，有點矮，但按古代人的審美觀，男人太高就顯得不夠精緻俊美。所以，燕青這個身高恰到好處。

此外，書裡說燕青有鬍子，「三牙掩口細髯」，似乎也不太符合現在小鮮肉的主流形象。那「三牙掩口細髯」是什麼樣子？往好處想的話，大致有點像電影演員張震的造型吧。

根據書上的描述，燕青應該比張震更俊俏。因為他長得太俊俏了，還產生一個問題：有些現代讀者懷疑他是盧俊義的孌童。

宋朝確實有玩弄男色的風氣，盧俊義是個大財主，家裡養著這麼一個俊俏後生，不是孌童又是什麼呢？

其實這個說法不可靠。《水滸傳》裡交代了，燕青很小的時候就父母雙亡，是個孤兒，盧俊義把他從小養到大，所以，燕青並非是盧俊義貪圖俊俏而從半路買來的孌童。且書裡沒有暗示他們有什麼不正當關係。後來盧俊義帶兵打仗，燕青跟在身邊，這麼多機會，施耐庵也沒有說「見天色已晚，倆人一處歇了」呀，反倒是李逵和燕青一起抵足而眠過[58]。

盧俊義看燕青：永遠長不大的孩子

從書中看，燕青和盧俊義一半像主僕，另一半像父子或者兄弟。

盧俊義寵溺燕青，讓燕青小日子過得很爽。他外號「浪子」，吹拉彈唱、拆白道字、頂真續麻，無一不精。這些本事從哪兒學來的？都是從風月場裡。

盧俊義出門時，就特意叮囑燕青：我出門了，你收點兒心，「不可出去三瓦兩舍打哄」。所謂三瓦兩舍，就是勾欄瓦舍、茶樓妓院這種地方。盧俊義如此叮囑，說明燕青平時就沒少去。

當浪子是要花錢的。沒錢你浪什麼浪？勾欄瓦舍，都是銷金的所在。老鴇子做的是生意，不是說你長得俊俏，就可以不花錢的。燕青一個孤兒，過得跟富二代似的，哪兒來的錢？還不是盧俊義給的：拿著銀子，嫖去吧，別惹事。

而且燕青不光有錢花，整體生存環境也不錯。他性格開朗平和，一點都不偏激。作為一個孤兒，如果始終缺乏關愛和照顧，性格不太可能是這個樣子。

這就有點像《笑傲江湖》裡的令狐冲。令狐冲也是孤兒，被岳不群撫養長大。岳不群是個裝模作樣的偽君子，和令狐冲的關係也不親近。令狐冲能夠變成後來的樣子，跟岳夫人有直接關係。岳夫人秉性善良，對令狐冲有一種母親式的關愛。人在成長期，需要這種關懷。令狐冲感受過世間的溫暖，所以長大以後才有健全光明的心胸。燕青也是如此。而從書裡看，給予他這份溫暖的人，只會是盧俊義。

盧俊義的性格不太討喜，牛氣哄哄，剛愎自用，外加情商低。但他一定有善良溫情的一面，否則也不可能把一個孤兒培養成浪子燕青。就衝這一點，盧俊義就值得我們給予一份敬意。

不過盧俊義有一個問題，他對燕青雖然不錯，但是始終不太信任他。比如盧俊義從梁山回來那次。當時他中了吳用的計謀，從大名府跑到山東，被梁山捉到山上又放了。就在他快到家的時候，碰見了燕青。燕青已經成了一個要飯的，頭巾破碎，衣衫襤褸。他對盧俊義說：管家李固和主母勾結起來，說盧俊義投靠了梁山，還把自己趕了出來。

58　同榻而眠。形容雙方情誼深厚。

盧俊義完全不相信，根本不聽燕青的分辯：你這廝休來放屁！肯定是你在外頭惹事，才被趕出來了！

他一腳踢倒燕青，趕回家裡，進門就問：燕青安在？小乙哥怎麼回事？結果被差役直接抓走，關進了牢房，差點把命都丟了。

後來也發生過類似的事情：盧俊義帶兵攻打王慶時，有一次要帶兵出戰，燕青覺得有問題，建議不要出兵。盧俊義聽都不聽。燕青就退讓了一步，要求分給他五百士兵。

盧俊義問：燕青你要幹嗎？

燕青說：您別管，把五百士兵給我就行了。

盧俊義拗不過他，把士兵分給他了，但是「冷笑不止」。燕青領著五百人在那裡砍樹，盧俊義看了更覺得好笑，也沒理他，帶兵打仗去了，結果出門被殺得一敗塗地。幸虧燕青用樹木搭了一座浮橋，盧俊義才安全撤回，不然真的要全軍覆沒了。

幾乎所有人都覺得燕青很能幹，但盧俊義偏偏不怎麼認可他。整本書下來，他只主動誇獎過燕青摔跤的本事，說是「三番上岱嶽爭交，天下無對」。除此之外，他就不怎麼把燕青當回事了。就連燕青最後向他辭行時，他只是笑道：「原來也只恁地，看你到那裡！」就像父母面對一個吵吵著要離家出走的熊孩子。

為什麼會這樣呢？

有人說這是因為倆人是主僕關係，盧俊義擺出大老爺的姿態。其實並非如此。一開始，盧俊義心裡可能確實有主僕的概念。可是到了後來，他真是把燕青當親人看的。打完方臘以後，他就感慨說，打仗死了這麼多人，好在「倖存我一家二人性命」。由此可見，在盧俊義心目中，所謂家也就是他和燕青兩人了。

而且如果仔細閱讀《水滸傳》裡兩個人的對話，就會發現：盧俊義對燕青，與其說是主人對僕人的頤指氣使，倒不如說是大人對孩子的居高臨下。

要麼不放心的叮囑：我出去這幾天，別出去惹事啊，老實在家待著。

要麼對熊孩子發脾氣的架勢：放屁，撒謊！你肯定是闖禍了！

要麼一副不當回事的寵溺樣子：我要打仗幹正事呢，好好，給你五百個兵，砍樹玩兒去吧！

這是不是有點像大人幹活的時候，為了讓孩子安靜，隨手扔給孩子一個遊戲機？真正的問題不是盧俊義把燕青當僕人，而是把他當孩子。他們相處時，有很強烈的父子感，至少也是長兄和幼弟的感覺。別看燕青一次又一次的救過盧俊義，可在盧俊義眼裡，燕青似乎永遠是沒長大的孩子，永遠是當年作為孤兒來到自己家裡的樣子。

其實這是很常見的心理。你不管長到多大，哪怕鬍子一大把了，爹媽可能還是會叮囑你過馬路要小心，早上要吃早餐，天冷了要穿秋褲，好像你永遠是那個不知道照顧自己、總是在闖禍的小孩子。

中國傳統父母很少正面誇獎孩子，總是喜歡批評他們：這也不對，那也不對，你什麼時候才能懂事？怎麼老惹事？你怎麼就不能讓我省點心？盧俊義對燕青也是這個態度。他並不是想壓制他，只是一種本能的反應。

這種關係，好的地方是有一份溫情在，壞的地方就是不把對方當成獨立個體。

被保護太好，燕青起初很無能

燕青面臨著成長的瓶頸。

盧俊義給他提供了一個溫室般的環境，每天唱歌、吹曲、摔跤、做遊戲、逛街，當然還有找花姑娘。燕青天資極好，確實學會了很多東西。但是，這個舒適環境像一個籠子，限制了他的發展。他不知道籠子之外有什麼，他也不知道怎麼發揮自己的潛能，而且好像也沒發揮的必要。

所以一旦出事，燕青就傻眼了。

在《水滸傳》裡，存在著兩個燕青。

一個是梁山版的燕青，機靈能幹，隨機應變，被稱為「天巧星」。還有一個則是大名府版的燕青，雖然忠心耿耿，但處理事情的能力非常低下。

梁山版的燕青，見人說人話，見鬼說鬼話，沒有他去不了的地方，沒有他探不來的情報，跟誰都能處得來。而大名府版的燕青，被李固趕出家門時，連口飯都吃不上，只能乞討。

當然，書裡也交代了，「但有人安著燕青在家歇的，他（李固）便捨半個家私和他打官司，因此無人敢著。小乙在城中安不得身，只得來城外求乞度日」。可就算沒人敢收留他，作為一個土生土長、赫赫有名的「浪子」，居然到了城外就連混口飯吃的能力都沒有，實在太過無能了。

讀到這一段的時候，金聖歎也覺得有點說不過去。他改動了原文，給燕青貼了一句金：「小乙非是飛不得別處去；因為深知主人必不落草，故此忍這殘喘，在這裡候見主人一面。」意思是說燕青不是沒有生存能力，只是為了等盧俊義，這才要了飯。

這個解釋有點牽強。而且從其他方面看，燕青也顯得很低能，不太會處理事情。比如，盧俊義被捉進官府，如果換上梁山版的燕青，肯定會想方設法探聽消息，想條出路。可是大名府版的燕青只會哭哭啼啼的見獄長，一見面就跪下，說：可憐可憐我，就讓我給盧俊義送半罐子飯吧！

而且這飯還是乞討來的。

這哪裡是浪子燕青？簡直像陽穀縣的鄆哥嘛。

後來，盧俊義被發配到沙門島，半路上差點被害死。燕青殺了兩個解差，劫走盧俊義，這算是他的一個閃光點。但很快他就犯了昏著兒。按理說，有人劫獄，官府肯定要通緝，所以劫完以後就趕緊跑啊，但他們居然還去村店裡吃飯。

吃飯就吃飯，吃完趕緊走唄。但店裡只有飯，沒有菜。盧俊義和燕青這兩個少爺羔子吃不下去。燕青居然拿了弩箭，跑到樹林裡打野味去了。這是逃難，還是到鄉村遊玩？剛殺了人，還吃哪門子的野味，吃兩碗白飯又怎麼了？

燕青一走，沒人照看盧俊義，盧俊義的腳又有傷，結果就被趕來的差役捉走了。燕青弄丟了盧俊義，徹底傻眼，只能跑到梁山去報信。路上沒錢，燕青又想搶東西，誰料被楊雄一棒子打翻，差點把命都丟了。

總之，大名府版的燕青在處理事情時，思路不清，不斷犯法，生存能力低下。說起來這也不奇怪。燕青一直生活在盧俊義的羽翼之下。盧俊義把他當成孩子一樣對待，他也就真的只有孩子般的能力。別看他當時已經有二十四歲了，但心智並不成熟，本質上還是個大孩子。

在他的身體裡，沉睡著一個梁山版的「天巧星」燕青，但是要把那個燕青釋放出來，首先要走出盧俊義的陰影，去到一個更開闊的地方。在那裡，人們會把他當成獨立個體，根據他的行為來評判他。

脱離名府保護傘，燕青強似梁山前三十五好漢

對很多人來說，梁山都是一個無奈之地，實在走投無路才上梁山。可是對燕青來說，梁山卻是一個自由而刺激的樂園。在這裡，他找到自信，變得越來越成熟。懵懂的大名府浪子不見了，才華橫溢的天巧星破殼而出。這其中有一個很大的原因，就是他和盧俊義產生了距離。宋江把燕青安排在右耳房，跟戴宗一個屋，緊挨著宋江的辦公室。而盧俊義的辦公室在大廳的另一側，和燕青有相當的距離。宋江這麼安排，當然有他的用意。但無論如何，燕青獨立出來了，一下子擺脫了盧俊義的陰影。

燕青再次亮相時，差不多就是將近兩年後了。這兩年到底發生了什麼事？書中沒有明確交代。但對燕青來說，這肯定是一段快速成長的過程。

等他再上場的時候，已經可以執行高難度的任務。他先是配合柴進，騙取了進皇宮的通行證；接著又打通老鴇子的關節，讓宋江順利見到李師師。

兩年前在大名府的時候，燕青見了蔡獄長只會哭哭啼啼下跪：可憐可憐我吧！現在到了東京汴梁，燕青便把公務員王觀察、老鴇子李媽媽都唬得一愣一愣的。

此後的燕青，一個勝利接著一個勝利：一會兒在山東打擂，一會兒獻三晉地圖，一會兒在龍門關救盧俊義，一會兒在方臘做臥底。而他的巔峰時刻是在東京汴梁，他拜李師師當乾姐，見到了宋徽宗，促成了梁山的招安，還順手為自己弄到了一份赦罪文書。

這些過程中，燕青表現出極高的應變能力，對付三教九流的人都有一套。跟老鴇子李媽媽，他上去就套近乎：「小人是張乙兒的兒子張閒的便是，從小在外，今日方歸。」「天下這麼多姓張的，老鴇子一聽就迷惑了，想了半天恍然大悟：「你不是太平橋下小張閒麼？」燕青馬上就順杆爬，「正是小人！」一下子成了老鴇子的熟人。

對汴京城的監門官，他能擺出官架子來嚇唬：「你便是了事的公人，將著自家人只管盤問！俺兩個從小在開封府勾當，這門下不知出入了幾萬遭，你顛倒只管盤問，梁山泊人，眼睜睜的都放他過去了。」掏出假公文，一把丟在人家臉上。結果嚇得監門官也不敢仔細盤查。

見了李師師，他又能拿出做低伏小的姿態，溫文爾雅，討對方的歡心。等李師師顯得對他有點動心時，燕青又能馬上控制住局面，「小人今年二十有五，卻小兩年。娘子既然錯愛，願拜為姐姐！」起身就給李師師拜了八拜，成了人家的弟弟。

大名府版的燕青遇事慌亂，處處碰壁，而梁山版的燕青幾近完美，偵查能力超強，戰場表現優秀，幹什麼成什麼，一次都沒失過手。就像書裡評價的那樣，「雖是三十六星之末，卻機巧心靈，多見廣識，了身達命，都強似那三十五個」。而這個轉變的關鍵，就是書中留白的那兩年。

那兩年裡，燕青完成了人生的轉變。他從一個大孩子變成了成人。盧俊義確實培養了他，但要成就自己，燕青就必須離開盧俊義的影響。這就像一個關於青春成長的故事。而在中國，這樣的故事一代又一代，不斷的上演。

燕青看得開，因為多少有些無情

燕青的心靈屬於城市。

他是一個典型的市井人物，流連平康巷陌，喜歡風月勾欄。燕青沒有什麼雄心壯志，所以不受權力和榮譽的引誘。無論是小吏出身的宋江，還是富豪出身的盧俊義，盼的都是「衣錦還鄉，封妻蔭子」，而燕青對此毫無興趣。他只想吟風弄月，輕鬆瀟灑的過一生。

所以，在征方臘的戰爭結束以後，他就挑著一擔金珠寶貝走了。其他人離開時，都沒有提到錢的問題。武松和魯智深他們更是把金銀都分掉了，可燕青不會。他知道錢的價值，也想過舒適輕鬆的生活。他不想跟自己過不去。

一句話：燕青對人生很有規畫，也看得很開。

但是「看得開」的另一面，就是「看得淡」，瀟脫的背後往往就有點無情。也許在風月場所流連久了，看多了人性的各個側面，人就容易淡漠。浪子燕青對別人就有點冷。看著他和誰都處得來，但他對誰也都不太在乎。就像李逵和他是要好的朋友，經常一起出去探險；柴進跟他一起出生入死搭檔過，也算是鮮血結成的友誼。可實際上，燕青並沒把他們當回事。

走的時候，他跟這些人連招呼都沒打，只給宋江留下了一封很傲嬌的信：

雁序分飛自可驚，納還官誥不求榮。身邊自有君王赦，瀟脫風塵過此生。

我有徽宗皇帝親筆寫的赦書，哼！

寫完詩，燕青挑著一擔金珠寶貝就走了。

在「四柳村捉鬼」那一段情節裡，也能看出燕青的性情。前面我們介紹過這段故事，但沒有提到燕青的態度。

當時李逵和燕青結伴回梁山，路過四柳村。村裡的狄太公說女兒被鬼魘了，求李逵捉鬼。李逵拿了板斧，要到狄小姐房裡去，這個時候燕青就在他身邊。

燕青是個機靈人，也明白李逵的脾氣，當然知道會出事。按理說，燕青應該攔一下。而且燕青完全有控制李逵的能力。他擅長摔跤，李逵多次被他摔翻過，見了他就沒脾氣。燕青要是說點什麼，李逵還是肯聽的。

可是燕青什麼都沒說，只是坐在旁邊「冷笑」，酒肉也不肯吃，就等著看笑話。

結果出事了。李逵把狄小姐和她的情人砍死，還拿起雙斧，把屍身一通亂剁，場面慘不忍睹。狄太公看了，當然號啕大哭。那麼燕青又是什麼反應呢？跟沒事人似的，「尋了個房，和李逵自去歇息」。第二天起來，燕青還吃了人家的早飯，這才上路。

哪怕換上戴宗，多少也會埋怨幾句：「你這黑廝，又來惹禍！」可燕青什麼反應都沒有。整個過程中，他就是一個冷冷的旁觀者，內心毫無波瀾。

這些事跟他沒關係，他不在乎。

自始至終，燕青只牽掛盧俊義

電視劇導演喜歡把燕青和李師師安排成一對摯愛情侶，這就純屬現代人的妄念了。在《水滸傳》這本書裡，燕青對李師師完全沒感覺，就是單純的把對方當成一個工具，利用她來接近皇帝。

燕青歸隱江湖的時候，也不會去找李師師。李師師是皇帝的情人，他怎麼會去惹這個麻煩呢？惹了這個麻煩，還怎麼「灑脫風塵過此生」？美女嘛，有的是。

燕青真正牽掛的只有一個人，那就是盧俊義。

這就像一個渣男浪子閱盡春色，心裡頭卻放不下初戀；或者像一個殺人無數的黑社會老大，看見老祖母就瞬間變成小綿羊。燕青什麼都看得開，只對盧俊義的事兒看不開。他心裡有一塊最柔軟的地方，盧俊義就窩在那裡。

是盧俊義把他從孤兒培養成了浪子燕青，是盧俊義給他提供了一個溫暖的成長環境，這種好，燕青一輩子都忘不掉。

人的感情有點奇怪。完全成熟以後，你對他再好，他未必刻骨銘心。但是在他成長的階段，你對他的好，往往就會留下深刻的印痕。這就像愛情。人們在青春時代的愛情，往往能夠最忘我、最徹底。而完全成熟以後，愛情往往就免不了沾上一些功利的考量、現實的塵土。

盧俊義在乎燕青，但並不是特別在乎燕青。對他來說，他就是一個從小養大的孤兒、一個心腹、一個大孩子，如此而已。但對於燕青來說，盧俊義是他可以豁出命去保護的人。

盧俊義出事的時候，燕青全心全意的救他，乞討、殺人、逃亡、落草，什麼都可以幹。上梁山之後，兩個人的距離變遠了，這給了燕青成長的空間。但是，他對盧俊義的感情並沒有變化。

歸隱之前，他找到盧俊義，勸他跟自己一起走，講了一串很長的大道理。

盧俊義拒絕了，反問燕青要去哪裡。燕青的回答是：也只在主公前後。即便他灑脫風塵，歸隱江湖，還是不會離盧俊義太遠。盧俊義需要他的時候，他還是會過來。但盧俊義很快被毒死了，沒有機會召喚他。所以燕青在書裡就此消失了。

他再也了無牽掛。

嘯歌紅塵、灑脫的浪子燕青

有些讀者解讀「只在主公前後」這句話的時候，猜測燕青會自殺殉死。這當然是胡說。

燕青不是吳用，更不是李逵。別人在梁山找到了首領，燕青則在梁山尋找到了獨立的人生。他可能會為了盧俊義拚命，但不會為了他殉死。他不是忠君的日本武士，而是一個嘯歌紅塵、穿飛花叢的中國浪子。

就像我偏愛魯智深一樣，施耐庵也很偏愛燕青，給他加了不少偶像光環。作者捨不得讓他像張順那樣戰死，捨不得讓他像林冲那樣病死，捨不得讓他像宋江那樣被毒死，甚至也捨不得讓他像黃信、孫立那樣陷入平庸俗氣的官場，而是讓他瀟脫的離開，如同一隻輕靈自由的燕子。

施耐庵沒有明確交代他的歸宿，但是這種留白給了讀者更大的想像空間，以及更美好的希望。也許這是作者在黑暗暴戾的《水滸傳》世界裡，特意塗抹的一線光明。

11

十八歲的少年血

——九紋龍史進

性格爽快、單純、缺乏城府，為前東京八十萬禁軍教頭王進的關門弟子，因身上紋身有九條青龍，人稱「九紋龍」。梁山好漢排行第二十三，對應天微星。

梁山好漢裡，最早出場的一個就是史進。

作者如此安排，可能跟他的名字有關。「史進」二字並非施耐庵的杜撰。在梁山故事最早的原型《大宋宣和遺事》裡，就有史進這個人物，只不過沒有任何事蹟。按照研究者的猜測，施耐庵多半是看中「進」字，所以才把史進放到了全書的開頭，表示由此人而進入《水滸傳》世界。

如果這個說法成立，那史進就是《水滸傳》的迎賓者，就像站在大酒店前面的門童一樣，史進也確實和門童一樣年輕。梁山好漢出場的時候，一般都是二、三十歲，史進出場時卻只有十八、九歲，還是個英氣勃勃的少年。

全書的第一回文字很特別，跟後面的文風不太一樣，有一種溫暖和青春的氣息。它寫風、寫月、寫松樹、寫莎草，也寫少年的成長，以及人與人之間的情誼。史進周圍的一切，似乎充滿陽光。

在故事的一開頭，八十萬禁軍教頭王進害怕高俅的迫害，帶著母親向延安府逃亡。半路上，他們投宿到史家村，遇到了史進的父親史太公。這是一個非常和氣的老人，待人熱情又周到。這一段也寫得很細。史太公怎麼招待王進母子，怎麼請他們吃飯，怎麼找人給他餵馬，怎麼給他們安排住宿。

王進本來第二天要接著趕路，不料母親夜裡忽然生病，搞得進退兩難。好在史太公很熱心，一邊找人抓藥，一邊讓他們安心住下，住到病好了再說。史太公不過是個鄉村富戶，幫助王進也沒有什麼功利目的，就是單純的善良。

這個時候，史進出場了，光著脊梁，刺著一身青龍，「銀盤也似一個面皮」，拿著棒在那裡舞。

看到「銀盤也似一個面皮」，現代人可能會聯想到一個大餅子臉，但在古代語境下，這是形容史進白皙漂亮。推想起來，史進顏值應該還不錯，但又沒有俊俏到燕青那個程度，所以不值得作者專門寫詩讚美，就用一個銀盤子打發了。

至於史進當時的武功，那就差得遠了。王進是武術行家，一眼就看出來他耍的是「花棒」，只是架子好看，真打起來一點用都沒有。這也不奇怪。史進住在鄉下，雖說家裡有錢，但教育資源畢竟匱乏。在《水滸傳》裡，有不少城裡的二把刀都喜歡冒充武術教練，跑到農村蒙事兒。就連宋江那樣的，都到白虎山孔家莊去「點撥」人家武功。就是騙人嘛。

史進找過很多老師，連打把式賣膏藥的李忠都教過他，家裡花了不知道多少錢財，最後也只學了個花架子。現在八十萬禁軍教頭王進從天而降，這相當於頂級學校的老師，跑到邊遠山區給孩子一對一當家教，當然是非常難得的機會。

史進抓住了這個機會。他一開始不知道對方來頭，年少氣盛，當然不服氣。你說我花架子我就花架子了？我師父李忠號稱「打虎將」你知道嗎？結果雙方伸手較量，王進只用了一招，就把他打翻了。

年輕人往往虛榮心強，愛面子，但是史進表現得很虛心。他被打翻以後，爬起來就給王進下拜，喊他「師父」，說：「我枉自經了許多師家，原來不直半分！師父，沒奈何，只得請教！」而王進也就真的留了下來，花半年多教給他各種武藝。史進的武功變得相當高，雖然比不了林冲、武松這種絕頂高手，但在梁山好漢裡肯定算是上游水準。

史進遇到王進這樣的師父，當然是他的幸運，他有史太公這樣的父親，也是他的幸運。史太公善良而豁達，很尊重兒子的選擇。

史太公跟王進說：「兒子不愛務農，只愛刺槍使棒；母親說他不得，一氣死了。老漢只得隨他性子。」但這個說法很成問題。史進只是喜歡槍棒，又沒有幹什麼壞事，當媽的脾氣再大，也不至於這麼輕易被氣死。史太公對兒子的態度，也根本不是放任自流隨他去，而是百分之一百二的支持。

兒子喜歡紋身，史太公就給他紋九條龍的渾身花繡；兒子喜歡學武，就花大價錢給他四處找師父。史太公自己一力攛掇兒子去跟王進學武，王進答應以後，史太公的反應是「大喜」。這明明是望子成龍，全力支持，哪裡是無奈放任的樣子？我甚至有點懷疑史太公自己心中就有一個「武術夢」。

按照當時的社會觀念，兒子不好好務農，使槍弄棒的，屬於不守本分，做父親的應該反對才是。所以史太公對王進的那番話，更像是一套言不由衷的說辭，為自己的育兒態度做辯護。

其實，史太公對兒子的教養還是成功的。史進並沒有被寵溺成一個自私的壞孩子。他性格直爽坦蕩，很重感情。師父王進要離開時，他一力挽留，說要奉養他們母子，以終天年。王進去意已決，史進沒辦法，拿給師父一百兩銀子，又送出去十里路，「中心難捨」，最後才灑淚而別。

他也孝敬父親。史太公得病時，史進到處求醫問藥，最後太公過世，史進「一面備棺槨盛殮，請僧修設好事，追齋理七，薦拔太公。又請道士建立齋醮，超度生天。整做了十數壇好事功果道場」。書上不厭其煩的列舉殯葬的細節、葬禮的規模，就是要告訴讀者，史進是個重感情的孝順兒子。

現在父親不在了，史進成了莊主。他相貌英俊，武藝高強，加之年少多金，無憂無慮。盛夏之日，他坐在打麥場柳蔭樹下乘涼，對面松林透過陣陣涼風，一副安逸的田園風光。《水滸傳》裡難得有這樣的悠閒筆調，一切都顯得如此美好。

然後事情就急轉直下了。

史進活捉陳達，朱武道德綁架史進

史進沾染上了少華山的盜匪。

少華山就在史家村附近，山寨為首的有三個頭領：朱武、陳達、楊春。這三個名字沒有更早的來源，是作者自己起的，很可能是為了隱喻朱元璋（洪武帝）、徐達、常遇春。不過這三個人物形象跟朱元璋他們一點兒都不像。加這個隱喻，估計也就是為了暗示明朝開國皇帝跟綠林強盜沒什麼區別，不過成則帝王、敗則賊寇而已。

一開始，史進堅決打擊少華山。他聲稱要保境安民，嚴防進犯，為此還專門組織了史家村自衛隊。過了沒多久，陳達還真帶著一支隊伍過來了。他倒不是想搶劫史家村，而是要借路攻打華陰縣。

借路也不行。

史進正當著「里正」，所謂里正，跟晁蓋當的保正差不多，相當於官方認可的管理者。史進覺得自己是官人，眼裡不揉沙子：「汝等殺人放火，打家劫舍，犯著迷天大罪，都是該死的人！」、「俺家見當里正，正要來拿你這夥賊。今日到來，經由我村中過，卻不拿你，倒放你過去？本縣知道，須連累於我。」覺悟顯得很高。

兩人一交手，史進生擒活捉陳達，綁在大廳的柱子上，準備送到官府請賞。

此時此刻，史進表現得像是一個白道上的英雄，跟黑道勢不兩立。周圍的人也都一起喝彩：「不枉了史大郎如此豪傑！」史進自己也是躊躇滿志，顧視自雄。

可是，少華山另外兩個首領朱武和楊春很快也來了。他們不是來打仗的，一見面就下跪，跪下就流淚：「我們三個當初發願『不求同日生，只願同日死』，現在陳達誤犯虎威，被英雄捉了，我們今來一徑就死。望英雄將我三人，一發解官請賞，誓不皺眉。我等就英雄手內請死，並無怨心。」

一聽這話，史進愣在那兒了。

朱武號稱「神機軍師」，動手打架不行，但在動心眼這塊兒，十個史進加在一塊也比不上他。這就是他定的苦肉計。這個計謀要說風險，確實也有風險。萬一史進是個冷面殺手，「來得好！兩位既然這麼仗義，就恭敬不如從命了！」那他就真掉腦袋了。所以我們還是得承認，朱武對陳達還是講義氣的。

但是他敢這麼做，很大程度上是因為猜透史進的少年心性。年輕人，畢竟好哄。結果史進確實如他所料，面對跪在地上的朱武、楊春，他下不去手：「他們直恁義氣！我若拿他去解官請賞時，反教天下好漢們恥笑我不英雄。自古道：『大蟲不吃伏肉』。」

史進把他們倆領進去屋裡。一進門，他們倆又撲通跪下了，請史進把自己綁起來。這就有點假了。金聖歎讀到此處，也忍不住點評說：「此反嫌其詐。」史進三番五次請他們倆起來，他們倆就是不起來，「把我們綁起來吧，綁起來吧！」這就顯得更假了。

最後史進說：「那我把陳達放還你們吧。」朱武還要表示反對：「休得連累了英雄，不當穩便，寧可把我們去解官請賞。」這就特別的假了。

換上一個比較有社會閱歷的人，就會看出這是在演戲，朱武是在用高姿態逼史進放人。用現在的話說，這就是道德綁架：「我們這麼講義氣，甚至還寧死也不願意連累你，這麼好的人，你真捨得讓我們去死？那請問你又成什麼人了？」一旦察覺其中的道德綁架成分，就算拘於面子，把人放了，心裡頭多半也會有點堵得慌（不痛快）。

但是史進涉世不深，完全被朱武玩弄於股掌之上。他高高興興的把人放了，既沒有不高興，也沒有意識到其中暗藏的風險。

過了十幾天，朱武他們派人送來了三十兩蒜條金（長而形似蒜苗的金條），史進居然也收了。他倒不是貪財，史進很有錢，出手也一向闊綽，對錢沒有太多概念。他收錢主要表明一個態度：「我不忌諱和你們來往。」

很快，他就回了禮，準備了三件錦襖，還煮了三隻大肥羊，讓人送到了少華山。就這樣，史進和少華山開始頻繁往來。

朱武等人是官府全力對付的綠林盜匪。通匪，可是掉腦袋的罪過。宋江私放晁蓋以後，也不敢跟梁山來往走動。劉唐來找他一次，宋江都嚇得要死，叮囑他以後千萬別再來了。這就是因為風險實在太大了。

史進其實完全沒想過要落草，一心一意當他的莊主兼里正。既然如此，他為什麼要冒這個風險？也沒別的，就是覺得為人要仗義，再加上臉皮薄、愛面子。對方把你當朋友，你要是說：「哎呀，你別來了，我害怕！」那顯得多不仗義，多沒出息。

這個時候的史進，確實是年少輕狂。

在現實面前，少年俊豪也淪為強盜

天下沒有不透風的牆，最後當然還是出事了。

史進請三位首領到家裡過中秋節。他們正在喝酒時，官府的軍隊團團圍住莊園，要求史進把人交出來。而史進的反應非常果決，他對朱武說：「若是死時，與你們同死；活時同活。」然後一把火燒了自己的莊園，帶著朱武他們殺出重圍，逃到少華山。

少莊主無憂無慮的生活就此終結。

家產燒光了，就搶救出一點金銀細軟，人也上了黑名單，史進下一步怎麼辦？朱武勸他留下當寨主，史進拒絕了：「我是個清白好漢，如何肯把父母遺體來點汙了？你勸我落草，再也休題。」

一般來說，在《水滸傳》裡，別人勸自己落草，大家拒絕時都會找一些托詞。比如楊志說要去汴京找親戚；宋江說父親不同意；盧俊義說自己沒有犯罪紀錄，家裡還挺有錢，犯不上。很少有人像史進這樣，把話說得這麼硬。你不肯把父母遺體點汙了，那朱武他們就是把父母遺體點汙了唄。私下裡這麼想可以，當面這麼說就有點像罵街了。朱武他們聽了心裡彆扭。但史進的性格就是這樣，不諳世故，天真率直。

史進的打算是去找師父王進，王進當初離開的時候，說去延安府投奔經略使种（音同充）諤。史進想透過師父的關係，也去參軍。於是他離開少華山，前往延安府。結果師父沒找到，卻在半道上碰到了魯智深。

魯智深這個人看著有點魯莽，實際上對人有敏銳的直覺。他肯客客氣氣說話的人，一般人品都還可以，至少有閃光點。而他見面就懟的人，也確實都有一些問題。在《水滸傳》裡，魯智深幾乎就像一個人品鑑別器。

而魯智深特別喜歡史進，第一眼就喜歡，說話少有的客氣，稱呼起來不是「阿哥」就是「大郎」。頭次見面，魯智深走路時還「挽了史進的手」，極其親密。想來還是史進身上那種爽朗陽光的氣質，讓魯智深產生了好感。而反過來說，史進交了這麼多朋友，最後能稱得上摯友的，也就魯智深一個。

但是小說情節發展得很快，金翠蓮突然出現了，魯智深打死鎮關西後亡命天涯。

故事線轉到了魯智深身上，史進在書中消失了一陣子。等到魯智深再次遇見他的時候，史進在攔路搶劫。

這真是一個諷刺性的轉折。從史進離開少華山，到攔路搶劫，算起來不過半年的時間。半年前他還口口聲聲「我是個清白好漢，如何肯把父母遺體來點汙了？」現在卻變成剪徑[59]的強盜。魯智深問他有什麼打算，史進說：「沒辦法，我如今只能再回少華山，去投奔朱武他們了。」

當年意氣風發，帶著自衛隊要保境安民的史家公子不見了；那個對人家的建議嗤之以鼻——「你勸我落草，再也休題！」——的少年豪俊也不見了。現在的史進只能靠搶點錢吃飯，好掙扎回少華山，去厚著臉皮主動要求落草。

現實真是太殘酷了。

那麼中間發生什麼事呢？其實也沒發生什麼戲劇性事件，就是史進沒找到師父王進。像他這樣上了黑名單的人，沒有過硬的關係很難參加軍隊。史進沒辦法，只能到處瞎轉悠，結果把錢花光了。

59 意思是攔路搶劫。

這也難怪。史進本是個大手大腳的人。當初魯智深要借錢給金翠蓮，史進出手就是十兩銀子，還不是借，直接送，「直什麼，要哥哥還」。這當然很豪爽。但要是沒有掙錢的本事打底，豪爽的結果就是破產。史進小少爺出身，不會掙錢。師父李忠至少還會打把式賣膏藥，他連這個本事也沒有，想來想去只好去搶劫，搶夠了路費就回少華山落草。

這讓我想起了另一個人物：《笑傲江湖》裡的令狐冲。

令狐冲跟史進的經歷有幾分相似。史進是官府認可的里正，令狐冲則是名門正派的大弟子，一開始都是白道中人；史進得了八十萬禁軍教頭王進的點撥，而令狐冲得了華山名宿風清揚的真傳，也都有不錯的習武機緣；而最後他們也都因為「結交奸邪」惹出麻煩，史進是跟少華山強盜有染，令狐冲則是跟魔教中人來往，最後都被趕出了白道。

但不同的是，令狐冲仗劍天涯，迭逢奇遇，不僅當了恆山派掌門，還娶了魔教聖姑任盈盈，走上了人生巔峰。而史進仗劍天涯的結果，是連飯都吃不上，只能靠搶劫過日子。

令狐冲擁有的是我們夢想中的開掛人生，而史進過的是現實中的尷尬生活。少年意氣，拏雲心事，在現實面前，史進撞得頭破血流。

史進願與朱武共生死，但朱武不領情

史進回到少華山，做了大寨主。

他能做大寨主，主要原因是武功高，少華山缺少這麼一個衝鋒陷陣的頭領。但另一方面，朱武他們對史進也有感激之情。人家抓住你，饒了不殺，還因為你家業蕩盡，走投無路，如果說朱武他們一點感激之情都沒有，那也不近情理。

但感激不等於喜歡。

陳達和楊春在書中有點像隱形人，很難說清他們的態度，但至少朱武不喜歡史進。這也不奇怪，他們從根本上來說就不是一路人。史進是衝動型的熱血青年，性格清淺如水，腦子裡還有某些理想主義的情結。朱武卻是個滿腹機心的神機軍師，肯定厭憎不滿史進的做派。原有的那點感激之情，隨著時間的流逝，也就磨損得差不多了。關於這一點，後來史進出事的時候，從朱武的表現就能看出端倪。

史進出事，是在他當寨主的第五年。事情大致經過是這樣：大名府有一個畫匠王義，帶了女兒玉嬌枝出門，路上碰見了華州的太守。太守見色起意，搶走玉嬌枝，又找罪名發配王義。史進正好下山，路遇王義。他得知此事後，不但救了王義，還跑到華州要去刺殺太守，結果失手被擒。

這件事聽上去有點含糊。史進原來認不認識王義和玉嬌枝？不知道。王義是大名府人，而史進也確實在大名府待過，所以他們可能認識，所以史進才會生這麼大氣。但到底認不認識，書中並沒明確交代，所以也有可能史進原本不認識他們。他就是像魯智深救金翠蓮似的，單純的路見不平拔刀相助。

這兩種可能性都有。從行文布局來看，作者似乎是想暗示史進和魯智深的相似性，所以後者的可能性更大。

但不管是哪種可能，這都是一件行俠仗義的事情。**梁山好漢雖然經常標榜替天行道，但像這樣俠義之事，其實少之又少**。史進能這麼做，說明心頭還有理想主義的光明。雖然劫了道、落了草，但當年那個熱血少年並沒有徹底死去。

在我們看，這是俠義，可在朱武看來，這肯定是胡鬧至極的舉動。出事之後，朱武並沒有採取任何營救措施，也沒向其他山頭求援，就和陳達、楊春他們在山寨裡坐著。後來還是魯智深碰巧過來找史進，才知道這回事。

魯智深對朱武態度非常惡劣，而且是一見面就惡劣。朱武說一句，他懟一句，甚至在知道史進出事之前，他就開始懟了。朱武剛一寒暄「且請到山寨中」，魯智深就掉臉子：「有話便說，待一待，誰鳥奈煩？」跟他初見史進時的談吐，完全不像一個人。

這只能說魯智深本能的厭惡朱武。朱武和史進的性格就像兩個極端，魯智深有多喜歡史進，就有多厭惡朱武。

朱武絮絮叨叨講述事情的經過，說來說去就是他們三個無計可施。從頭到尾，朱武也沒有擔心史進，他憂慮的是華州知府會不會來掃蕩山寨。

當年官軍圍困史進莊園時，史進對朱武說：「若是死時，與你們同死；活時同活。」然後放火燒了自己的家。可現在朱武卻絲毫沒有跟他同死的意思，倒是對自己的家充滿愛惜，唯恐被「掃蕩」了。

如果史進聽到這段對話，不知道心中會做何感想。

好在他還有一個朋友魯智深。魯智深和武松一起來少華山，魯智深逕自跑到華州去救史進，武松則跑到梁山搬救兵，最後折騰了一大圈，總算救了史進，殺了華州太守。少華山也整體併入了梁山系統，事情算是圓滿解決。

但書中留下了一個問題：玉嬌枝最後哪兒去了？按照常情推斷，殺掉華州太守以後，應該把玉嬌枝送還給她父親。但書上沒交代，作者忘了她。倒是金聖歎讀到此處，覺得是個疏漏，就自己動手加了一句，「玉嬌枝早已投井而死」。可能他覺得這樣處理最乾淨。萬一史進把持不住，把她帶上山去也是個事兒。

多年後依舊天真——不會判斷真假

從書上的情節推斷，史進跟玉嬌枝可能就沒見過面，談不上什麼愛情故事。但是史進確實有女人，只不過這個女人是個妓女。

宋江起兵要攻打東平府的時候，史進自告奮勇要去做內應，攻城之日在裡面放火。而史進做內應的理由是：

小弟舊在東平府時，與院子裡一個娼妓有交，喚做李瑞蘭，往來情熟。我如今多將些金銀，潛地入城，借他家裡安歇。約時定日，哥哥可打城池。

除了董平、王英這樣的人渣以外，梁山好漢好像普遍都沒什麼性需求。也不知道是真沒有還是假沒有，反正一說起來都「終日只是打熬筋骨」，不近女色。至於跟娼妓有染的，除了史進，就只有一個不練武的神醫安道全。

當然，嫖娼是不好的。但話說回來，都是占山為王，史進拿著錢下山嫖娼，總比王英那樣抓女人上來強姦要好吧。而且在梁山那種反性的環境裡，史進至少顯得有正常健康的人性需求。宋江說：「但凡好漢犯了『溜骨髓』三個字的，好生惹人恥笑。」而史進大方表示「小弟與院子裡一個娼妓有交」。兩相對比，反而是史進自然灑脫一些。

但是，很可惜，史進這次又犯傻了。這麼多年過去，他還是像當年那個天真的少年郎一樣，太容易相信別人。

他到了李瑞蘭家以後，把情況和盤托出：「我如今在梁山泊做了頭領，不曾有功。如今哥哥要來打城借糧，我把你家備細（詳情）說了。如今我特地來做細作[60]，有一包金銀相送與你，切不可走透了消息。明日事完，一發帶你一家上山快活。」

在旁觀者看來，史進的這種做法很莽撞。你怎麼知道人家願意冒險收留你，願意跟你上梁山？推想起來，李瑞蘭和他之間，可能有過甜言蜜語的承諾。但李瑞蘭只是隨便說說，而史進就真的覺得兩人「情熟」，可托生死。

吳用知道這件事，非常吃驚。他說，這種行業的人，迎新送舊，見人說人話，見鬼說鬼話，史進怎麼能相信她們的甜言蜜語呢？但是史進就是相信。只要對方說得誠懇些，史進什麼都信。

李瑞蘭收了金銀，含糊答應了，史進就高高興興的坐那兒聊天，一點猜疑的念頭

60 即間諜。

都沒有。李瑞蘭樓上樓下跑了幾趟，回來後，臉色紅白不定，史進還傻傻的問李瑞蘭：「你怎麼了？是不是你家裡有事兒啊？」

當然有事，人家到官府告發你了！

沒過多久，公差就衝進來一擁而上，把史進捆翻在地，押到了府衙。大堂之上，衙役「將冷水來噴，兩邊腿上各打一百大棍」，史進任憑拷打，一言不發。但就在這片沉默中，他的恨意卻瘋狂滋生。

等到梁山攻破東平府，史進第一件事就是衝進李瑞蘭家，把她全家斬盡誅絕。這當然很過分，史進以前也沒做過這麼凶殘的事情。其實從李瑞蘭的角度看，她也只是為了自保，但史進接受不了這種背叛。

他原來對李瑞蘭有多相信，現在就有多仇恨。

不懂識人，史進的一廂情願，賭上自己的性命

在《水滸傳》的人物裡，史進可能對別人最沒防範心。他熱血、輕信、講義氣、重承諾。如果他活在金庸世界裡，肯定會像令狐冲那樣，收穫很多友誼，許多人會願意為他赴湯蹈火，同生共死。可是《水滸傳》的世界不是按這個邏輯運轉的。

除了魯智深以外，沒有誰特別在乎史進。史進就連死的時候，都顯得有點孤獨。在征方臘時，盧俊義率軍攻打昱嶺關，史進、石秀、陳達、楊春、李忠、薛永六人帶隊進攻。書上是這麼描述的：

（敵軍）颼的一箭，正中史進，攧[61]下馬去。五將一齊急急向前救得，上馬便回。又見山頂上一聲鑼響，左右兩邊松樹林裡，一齊放箭。五員將顧不得史進，各人逃命而走。

史進被扔下來等死，但是那五個人也沒跑掉，最後一起被亂箭射成了刺蝟。

聽到這個消息後，「神機軍師朱武為陳達、楊春垂淚」。同是少華山出來的人，朱武掉淚的時候卻獨獨漏掉了史進。這肯定不是作者無心的疏忽，朱武就是不會為史進流淚。

從頭到尾，朱武就沒在乎過他。很可能從第一面起，朱武就沒喜歡過這個愣頭青

61　音同顛，意思是跌落。

（粗魯冒失）式的少莊主。「死時同死，活時同活」只是史進一廂情願的幻覺，就像李瑞蘭對他的情義，也不過是他一廂情願的幻覺。

史進就這樣死掉了。

回想多年以前的那個炎熱的夏天，史進拿了一把椅子，坐在自己莊園的樹蔭下面乘涼。對面松林透過風來，史進喝彩道：「好涼風！」這個時候的他全然無憂無慮。他還不知道朱武、陳達他們就要來了，這個莊園就要被燒掉了，自己就要流落綠林了，更不知道在自己死後，朱武沒有為他掉一滴眼淚。

若知道後來發生的一切，他會不會做出同樣的抉擇？這讓人想起《笑傲江湖》裡，岳夫人自殺前，叮囑令狐冲的一句話：「冲兒，你以後對人，不可心地太好了！」

12

我壓著你也要報了這個恩！

——插翅虎雷橫與美髯公朱仝

雷橫原為鐵匠，後當上鄆城縣都頭，個性仗義，但是小氣守財。梁山好漢排行第二十五，對應天退星。

朱仝任職鄆城縣馬兵都頭，後改任鄆城縣當牢節級，與雷橫為都頭搭擋。性情溫和重義，一副長髯似關雲長，人稱美髯公。梁山好漢排行第十二，對應天滿星。

鄆城縣衙培養了梁山泊的三個高級將領，頭一個是宋江宋押司，剩下的兩個，一個是步兵都頭雷橫，一個是馬兵都頭朱仝。

都頭到底是什麼官？大致來說，有點像現在的刑警隊長。它的頂頭上司叫縣尉，大致相當於警察局長。不過，古代機構的編制和職能，跟現在有很大區別，這麼說也只是大致的一個比方。

朱仝和雷橫雖然都是都頭，但出身並不一樣。朱仝是本地的富戶，家裡很有錢。他當都頭，多半就是想在體制內找個安穩工作，並沒有指望靠這個來賺多少灰色收入。雷橫不同，他是打鐵的苦出身，後來掙了點錢，開了一個春米[62]作坊。但開作坊只是明面上的買賣，私底下，雷橫還幹一些違法生意，比如組織賭博，再比方說宰牛賣肉。

說到殺牛，這裡要講題外話來解釋一下。

宋朝法律禁止屠宰耕牛，哪怕是主人殺自己的牛，也要判處一年的徒刑。理論上來說，只有自然死亡的牛，才可以拿來吃肉。可是規矩是一回事，實際執行又是另一回事。《水滸傳》裡的好漢動不動就來幾斤牛肉，難道他們吃的都是壽終正寢的老牛肉？怎麼可能。民間也有人偷偷摸摸宰牛賣肉，正因為這種事違法，所以利潤率極高。而雷橫就幹了這一行。

別看雷橫做的買賣見不得光，後來照樣混成了都頭，在鄆城縣也算是響噹噹的人物。不過雷橫有個毛病，用書上的話說，就是「雖然仗義，只有些心地褊窄」。雷橫心地狹窄，很大程度就表現在貪財上。

在梁山人物裡，王英算是色迷，楊志算是官迷，而雷橫，就是財迷。以前他組織賭博、宰牛賣肉，是為了發財；當了都頭，多少也是為了發財。

這可能跟雷橫以前窮怕了有關。朱仝一直家境寬裕，面對錢的問題比較從容，而雷橫看見銀子就很容易失態。

比如他第一次亮相時，就顯得很刺目，帶著點敲詐良民的意思。

當時知縣派朱仝和雷橫各帶一支隊伍，晚上到城外去巡邏。朱仝那支隊伍沒發生什麼事，雷橫帶隊走到東溪村的靈官廟，發現供桌上睡著一條大漢赤髮鬼劉唐。既然被稱赤髮鬼，當然長得凶了一點。但長得再凶，晚上在廟裡睡個覺，也不犯法。古代人為趕路而錯過宿頭，找個破廟睡一覺，也是常有的事情。當然，雷橫作為管治安的都頭，看見形跡可疑的陌生人，審問幾句也是應該的。但是雷橫問都沒問，直接拿一條繩子捆了劉唐，押去見知縣。

62 擣米去糠，使成潔淨的白米。

雷橫這麼幹，主要是為了向領導邀功。至於證據，也沒啥證據，就是覺得「我看那廝不是良善君子」，所以就捆，就吊，就捉走。

不要說現代人了，就算是古代人讀到此處，也覺得雷橫有點不像話。王望如點評《水滸傳》的時候，就說：看見什麼了你就捉人家？奉差捕盜，卻拿平民請賞，要是換上朱仝斷然不會這樣。

不過捉了劉唐之後，雷橫沒有直接回縣裡，而是帶隊來到晁蓋家。為什麼要到晁蓋家？因為晁蓋是東溪村的保正，有點像現在的村長。雷橫就想拿劉唐來個「一魚兩吃」，見縣官前先見見村長。

當時已經是半夜了，雷橫「砰砰啪啪」的敲門，把晁蓋從被窩裡叫起來，領著二十個衙役，又是酒又是肉，吃了晁蓋一頓。吃完喝完還不算，他還要讓晁蓋領他的情。吃你喝你，是為了你好。我在你村裡捉了一個壞蛋，晁蓋作為保正，村裡出了壞蛋，當然有責任。所以，我趕來是「要教保正知道，恐日後父母官問時，保正也好答應」。

這一聽就是衙門裡頭老油子。到了基層，不管什麼事都要咋呼[63]一番。沒事也要折騰出事，沒人情也愣要賣人情。要是靜悄悄的來，靜悄悄的走，怎麼能顯出來官府的權威，又怎麼能顯出來雷都頭的重要性？

但是事情發生了轉折。

晁蓋畢竟是保正，村裡捉了個賊，他當然會有好奇心，想去看看是誰。劉唐被吊在門房裡，晁蓋就偷偷摸了過去。兩個人一交談，晁蓋發現這個人是投奔自己來的，還說要送一套「大富貴」給他。於是，晁蓋和劉唐就商量好了一套詞兒，說劉唐是他外甥，到東溪村找舅舅來了。

等到天亮，雷橫要走了，晁蓋就和劉唐就開始演戲。一個喊舅舅，一個喊外甥。晁蓋還挺入戲，臉紅脖子粗的罵：「畜生，幾年不見，你怎麼做賊了！」

劉唐說：「阿舅！我不曾做賊！」

晁蓋又罵：「你既不做賊，如何拿你在這裡？」一邊說，一邊就要拿棍子打。這話有點扎心了，不像是罵外甥，倒像是罵雷橫：「我外甥既然沒做賊，你為什麼抓他？」

雷橫聽了也尷尬，只好反過來勸晁蓋：「保正息怒！你令甥本不曾做賊。我們只是看著可疑而已。哪裡知道是你的外甥啊？自己人，放了放了！」

放也沒白放。晁蓋掏出來十兩銀子，而雷橫客氣了一句，也就收了。

63 北平方言。指吆喝、虛張聲勢。

官場規矩與人際規則，雷橫該不該收這十兩銀子？

說起來，十兩銀子可真不少了。王婆幫著西門慶勾引潘金蓮，操作如此麻煩，風險如此之大，西門慶也不過許給她十兩銀子。雷橫現在放了一個錯拿的人，就白白收了十兩銀子。當都頭來錢就是快。

但是，這個錢到底該不該收？

在我們看來，雷橫好像有點過分。既然劉唐沒有做賊，你把人家又是捆，又是吊，折騰一夜，明顯過度執法。何況你又剛在人家舅舅家裡，連吃帶喝騷擾了一頓。現在誤會澄清了，雷橫應該向人家舅舅道歉才對，怎麼還反過來收人家的錢呢？

但這是我們的想法。如果切換到《水滸傳》的時代，那就是另一回事了。對官府來說，只有錯拿，沒有錯放。哪怕真的抓錯了，押到堂上打了你一頓，最後說：「啊，原來沒你的事，那你滾吧！」那你臨走也得磕個頭，說：「謝謝大老爺，謝謝雷都頭。」你要不識抬舉，擰著脖子較真：「既然沒我的事兒，憑啥抓我、打我？」大老爺專治各種不服，一個籤子扔下來：「好個刁民，再打四十！」再打完，你的氣肯定就消了，跪地下磕個頭，說：「謝謝大老爺，謝謝雷都頭。」

從這個角度看，雷橫放了劉唐，確實是賣了晁蓋一個人情。晁蓋掏銀子，說明他懂規矩。

但問題是，這是官府和百姓之間的遊戲規則，或者說是貓和老鼠之間的遊戲規則。朋友之間不能這樣。如果你真拿晁蓋當朋友看，那就要遵循另一套人際交往的規則了。

你剛吃了人家酒席，擦擦嘴出來，發現錯抓了人家外甥，吊了人家一夜，這是很尷尬的事情。雷橫也確實很尷尬，說「保正休怪，甚是得罪」，話裡話外有點害羞的意思。但是再尷尬，也克制不住財迷的本性，他還是忍不住收了人家的錢。

這一收，說明兩人的交情也就值這十兩銀子。而他在晁蓋面前的身分，也就是一個吃拿卡要[64]的腐敗汙吏。劉唐後來罵雷橫是「詐害百姓的腌臢潑才[65]」，也沒有冤枉他。雷橫就是這麼一個貨。

其實雷橫也知道晁蓋是個人物，也想交這個朋友。後來晁蓋出事時，雷橫第一個想法就是放了晁蓋，好落個大大的人情。人情就是資源，這個道理他懂。這十兩銀子要

64 指四種社會現象：吃，利用職權來吃吃喝喝；拿，收受賄賂；卡，濫用職權要好處；要，明目張膽向他人索討好處。

65 意為骯髒的無賴。

是不收，晁蓋就欠他一個不大不小的人情。但問題是，銀子這個東西太好了。看見銀子，雷橫就顧不上人情不人情了。先拿了再說。

現實生活中，我們也能碰到雷橫這樣的人。見小便宜就占，不占就難受。但是這種人往往混不上去。對小錢看得太重，格局就會變小，反而就顯得不夠理性了。

而且，雷橫這十兩銀子也不是好收的。

劉唐緩過勁來，越想越生氣，居然拿著朴刀跑來索要銀子。當時的場面非常不堪。

一個罵：「你那詐害百姓的腌臢潑才！詐取我阿舅的銀兩！」一個嗆罵：「辱門敗戶的謊賊！賊頭賊臉賊骨頭！」

一個說：「你冤屈人做賊，詐了銀子，怎的不還？」一個回：「不是你的銀子！不還！不還！不還！」

最後還是晁蓋趕來，事情才算了結。晁蓋當然一個勁兒替劉唐道歉，雷橫說：「小人也知那廝胡為，不與他一般見識。」揣著銀子，晃晃悠悠的走了，不知道臉紅沒紅。

當然，雷橫不肯還銀子，一部分是心疼錢，還有一部分確實是面子上有點下不來。但無論如何，這個吃相實在太難看了。如果換上朱仝或者宋江這樣的人物，碰見這個局面，肯定是哈哈一笑：「本不肯收這銀子，實在是保正好意，幾番推脫不得，沒理會處，權且收了。你來了最好，這就替我還與令舅！」

哪會像雷橫這個樣子，端著朴刀，像條護食的惡狗一般：「不是你的銀子，不還！不還！」雷橫做人，也就是這個水準。朱仝背後說他「執迷，不會做人情」，不是沒有原因。

爹娘多說一句話，害慘雷橫、白秀英

不久之後，智取生辰綱事發，官府派朱仝和雷橫去捉拿晁蓋。倆人都想放走晁蓋，落個人情。朱仝聰明，搶到了把守後門的活兒，正面放走了晁蓋，落了個大人情。雷橫笨，只能在前門打配合，落了個小人情。但不管怎麼說，晁蓋還是感激他們倆。

等雷橫再出場時，就是在梁山泊領錢。

雷橫出差，路過山下的路口，被小嘍囉攔住要買路錢。雷橫是個錢狠子，能省就省，馬上就報上自己的大名。晁蓋他們聽說以後，馬上把他接到梁山，又是款待，又是送錢。在《水滸傳》裡，梁山但凡要送錢，對方基本都會推辭。宋江當年就只肯象徵性的拿一根金子，公孫勝是只肯拿三〇％，盧俊義是乾脆不要。雷橫是個例外，啥都沒說，「得了一大包金銀下山」，倒是替晁蓋他們省了一套送來推去的客氣話。

然後回去就出事了。雷橫打死娼妓白秀英，吃了官司。而起因還是跟錢有關。

簡單的說經過：雷橫去勾欄看白秀英表演，身上碰巧沒帶錢，雙方就起了衝突，雷橫打了白秀英的父親。白秀英跟知縣是老相好，知縣就把雷橫枷起來示眾。雷橫的母親去看兒子，和白秀英發生衝突，白秀英打了雷橫的母親，結果雷橫一氣之下，把白秀英打死了。

這段故事雖然有點曲折，說起來也比較拗口，但是在歷代評論者眼裡，它的內核沒什麼可爭議的，就是白秀英仗勢欺人，而雷橫天性純孝，目睹母親受辱，打死白秀英，這是正義之舉。

但如果把這個故事仔細覆盤一下的話，就會發現情況並不是這麼簡單。

其實在這段故事裡，雷橫和白秀英幾乎可以說是互為鏡像。

雷橫打了白秀英的父親，白秀英打了雷橫的母親。白秀英是替父報仇，雷橫是替母報仇。最後兩個人又都付出了代價，一個死亡，一個逃亡。

要讓我說，這跟正不正義的關係不大，它就是二貨爹媽坑兒女的故事。

讓我們先看故事的開頭。

雷橫身為都頭，覺得自己是個人物，到勾欄院大模大樣坐了「青龍頭上第一位」，結果聽完了，白秀英按照當時的慣例，托著盤子開始收賞錢。這個時候，雷橫才發現身上沒帶錢，很尷尬。

白秀英確實不厚道，對著雷橫說幾句挖苦話：「官人既是來聽唱，如何不記得帶錢出來？」、「官人正是教俺望梅止渴，畫餅充飢！」這些話很難聽，但並沒有正面攻擊雷橫，口口聲聲還管他叫「官人」。所以雷橫雖然羞得滿臉通紅，也並沒發作。

事情到此為止，可能也就過去了。

可這個時候，白秀英的二貨爹白玉喬忽然跳出來。他一張嘴就攻擊雷橫本人：「我兒，你自沒眼，不看城裡人村裡人，只顧問他討甚麼！且過去自問曉事的恩官！」

雷橫道：「我怎地不是曉事的？」

白玉喬越說越難聽：「你若省得這子弟門庭時，狗頭上生角！」這就是罵街了。

在這個時候，又出現一個轉折。當有人認得雷橫，說：「使不得！這個是本縣雷都頭！」如果白玉喬不在場，只有女兒白秀英，那麼不管前面發生了什麼，這句話一出來，白秀英一定會轉變態度。

為何這麼說呢？因為前文有鋪墊。白秀英並非真正意義上的娼妓，而是賣唱的，但按照當時的社會定位，她這也不是什麼正經職業，跟妓女一樣，也屬於行院[66]人員。

66　妓院。

行院裡的人到一個新地方開業，需要參見當地都頭。

白秀英是知縣的相好，背後有靠山，但她並沒有破壞規矩，還是老老實實去參見雷橫。只是雷橫當時正好出差，沒碰上。從這件事就能看出來，白秀英並沒有狂到不買雷橫帳的地步。她再有靠山，也還是希望跟衙門的頭腦們搞好關係。

她一開始挖苦雷橫，只是因為她不知道對方是誰。現在有人挑明瞭雷橫的身分，白秀英肯定會退讓一步，說兩句「不知是雷都頭，多有得罪！」找個臺階下，這個事情也就過去了。

但是她很不幸，攤上了這麼個爹。

白玉喬比女兒張狂得多，知道雷橫的身分以後，還接著罵：「什麼雷都頭？我看是驢筋頭！」

驢筋頭就是驢的生殖器。這話罵得太難聽了。而且知道對方的身分了，還這麼罵，那就是徹底的挑釁。雷橫果然暴怒，衝上來一拳一腳，把老頭牙都打掉了。

這一來，事情的性質就不一樣。

從書上的情節推斷，白玉喬並不是妓院裡的那種乾爹，而是她親爹。就像金老漢是金翠蓮的親爹一樣。父親被打成這樣，白秀英不可能退讓了，她馬上動用了自己的人脈關係。當然，我們可以說這是破壞司法公正。但如果她不這麼做，一個都頭打了一個賣唱老頭，誰會去管？打你怎麼了？不服，還打。

白秀英又不會武術，看見父親被打，只能用這種方式去報復，這也是人之常情。母親被辱，雷橫打死對方，評論者交口稱讚，說這是大孝子，那白秀英為什麼就不能是大孝女呢？

後來白秀英為此喪命，追本溯源的話，就是白玉喬這個老頭惹的禍。如果老頭不這麼輕狂，事情絕對不至於鬧到這種地步。

但是反過來看，雷橫打死人，也是被母親拖累的。

知縣聽了白秀英的話，把雷橫押到勾欄門口示眾。按照規矩，示眾應該剝光上衣，捆起來，衙役們當然不肯這麼對待雷橫。白秀英就不樂意了，逼著衙役們按規矩辦事。大家讀到這裡，往往覺得白秀英有點過分。但如果設身處地想想，父親被打了，好不容易把對方弄了個示眾，結果雷橫好好的站在那，跟衙役們聊天，白秀英當然有氣。

她的想法是：「既是出名奈何了他，只是一怪！」反正我已經得罪你了，那就乾脆得罪到底，替父親出口氣！

白秀英倒也沒要求加刑，只是要求按照慣例來。衙役們無話可說，就把雷橫剝光上衣，捆起來了。雷橫並沒發作，默默的忍了這口氣，肯定想著熬過去也就算了。但這個時候，雷橫的母親來了，看見兒子這樣，一邊去解繩子，一邊罵：「這個賊賤人直恁的倚勢！」

白秀英就站在旁邊，聽見對方罵自己，當然很生氣，兩人就開始口角。

雷橫的母親跟白玉喬一樣，嘴太髒，張嘴就罵：「你這千人騎萬人壓亂人入的賤母狗！」

對白秀英這個行業的人來說，這話可能是最有殺傷力的。白秀英果然大怒，上去就是一巴掌，然後「趕入去，老大耳光子只顧打」。這一段，完全是雷橫打白玉喬的鏡像翻版。我們不能搞雙重標準，如果我們覺得白秀英過分，那當時雷橫打人肯定也過分。

當初在勾欄裡，雷橫沒動手之前，白秀英肯定是想息事寧人的。現在，白秀英動手之前，雷橫也想息事寧人。他知道對方的勢力，已經認慫了，從頭到尾不說話。但是糊塗老太太沒這個概念，就覺得兒子可憐，要替他出頭。她就沒想到這樣一來，更是把兒子逼到絕路上。

雷橫看見母親被打，當然不可能袖手旁觀。他「扯起枷來，望著白秀英腦蓋上打將下來。那一枷梢打個正著」。

白秀英就這樣被打死了。這一下後果很嚴重，雷橫面臨死刑。雷橫和白秀英的脾氣都不好，這是事實。但是歸根結底，他們倆都是被爹媽給坑了。白玉喬少說兩句，白秀英就不會死；雷橫的母親少說兩句，雷橫也不會面臨死刑。

朱仝是難得好人，但不是好官員

不過雷橫沒有死，朱仝救了他。

就像魯智深一樣，朱仝是《水滸傳》中少有的光明之人，溫和善良，宅心仁厚。凡是跟朱仝接觸過的人，都很喜歡他。他身上始終散發著強大的人格魅力。這種魅力跟宋江不一樣。宋江是領袖型人格魅力，而朱仝的魅力則舒緩自然，霽月光風。

朱仝作為一個自然人，我們對他的評價很高，但如果從公務員的角度看朱仝，評價可能就沒那麼高了。

朱仝身為鄆城縣都頭，所作所為嚴重瀆職。他習慣性的做人情，私下裡放走犯人。一會兒是「私放晁天王」，一會兒是「義釋宋公明」，一會兒又是「出脫插翅虎」，簡直像是給官府定做的一把大漏勺。

他這麼幹倒不是為了錢。雷橫是個吃拿卡要的汙吏，可是朱仝倒不貪財，從不敲詐勒索，廉潔這方面還是合格的。但是朱仝喜歡做人情，喜歡取悅別人。雷橫忙著撈錢時，朱仝忙著做人情。而且他做的時候，還一定要做得十足加料，讓別人感激自己。

就像他私放晁蓋的時候，換上別人，可能躲在一邊兒，裝沒看見就算了。朱仝不。他一定要窮追不捨的趕上去，表白一番：「保正，你兀自不見我好處！……你見我閃開條路讓你過去？」他放走宋江時也是如此。當時宋江藏在地窨裡，他要是單純的想放水的話，在宋江家假模假式的搜一番，說搜不著，走了也就是了。朱仝卻一定要把宋江從地窨裡叫出來，賣個大大的人情，同時還忘不了輕輕的踩雷橫一腳：「我只怕雷橫執著，不會周全人，倘或見了兄長，沒個做圓活處，因此小弟賺他在莊前，一逕自來和兄長說話。」

朱仝這麼賣好，好像有點太刻意。但這就是朱仝的性格。你要說他做人情是圖什麼，他好像也不圖什麼，並沒有指望人家如何報答自己。他就是本能的想讓別人高興，讓別人感謝自己，從中他能得到巨大的滿足。

這種人在現實生活中也是有的：熱心，愛幫忙，人緣好，喜歡取悅別人。你感激的看他一眼，比給他兩萬塊錢還高興。但是朱仝有一個獨特之處，那就是他幫助別人，能達到無私的境地，必要的時候可以犧牲自己。這就絕不是泛泛的善良了。

朱仝心中的確有一種真實的光明。

雷橫打死白秀英以後，眼看要被判處死刑。雷橫的母親這才知道大事不好，跑來求朱仝：「哥哥救得孩兒，卻是重生父母！若孩兒有些好歹，老身性命也便休了！」

朱仝回答說：「小人專記在心。老娘不必掛念。」

可朱仝能有什麼辦法呢？老太太走了以後，他想了一整天，也沒想出什麼出路，最後他決定犧牲自己。

他把雷橫放了。這次放不像前兩次，人還沒抓到，可以神不知鬼不覺的偷偷放走。現在朱仝明目張膽的放了犯人，肯定要吃上官司。雷橫也覺得內心不安：「小弟走了自不妨，必須連累了哥哥。」

朱仝回答說：「解到州裡，必是要你償命。我放了你，我須不該死罪。你顧前程萬里自去。」

我們當然可以說這是目無法度，有虧職守，但是人終究是人。站在朋友的角度看，這確實是有情有義，捨己為人。在整本《水滸傳》裡，這可能是最動人的一段話了。

然而雷橫竟然虧負了他。

報恩，是為了讓我舒服，而不是還人情

下一段情節就是極其駭人的「劈殺小衙內」。

放走雷橫以後，朱仝被發配到了滄州。滄州知府對他很好，這一方面是因為朱仝這個人確實出眾，還有一方面就是知府明白他為什麼被發配，所以多少有些敬重之意。

這倒不奇怪，奇怪的是知府的小衙內也喜歡朱仝，一見面就喜歡，就纏著他要抱。從這

天開始，朱仝就帶著小衙內玩耍。

小衙內是個四歲的娃娃，天真活潑，長得也很漂亮。朱仝本來就是性格偏溫柔的人，對小衙內確實是發自真心的愛憐。在這方面，小孩子是很難騙的。如果朱仝不喜愛小衙內硬裝著喜歡，這孩子也不會纏著他玩。

但是，在七月十五盂蘭盆會那天晚上，朱仝領著孩子去看河燈，然後孩子就被殺掉了。腦袋被劈成了兩半。

這件事，出計策的是吳用，主使的是宋江，動手的是李逵，打配合的是雷橫。殺掉孩子的目的，就是斷了朱仝的後路，逼他上山。

這個四歲的孩子如此慘死，就是因為朱仝。沒有自己，孩子就不會死。那麼朱仝應該如何面對這件事情？而且小衙內是知府的命根子，朱仝自己也說：「這個小衙內是知府相公的性命，分付在我身上。」那他又該如何面對善待他、信任他的知府？

朱仝自己知道這孩子是誰殺的，可是知府不知道。

在知府眼裡，這就是朱仝串通強盜幹的。他是一個囚犯，自己對他這麼好，孩子又這麼喜歡他，朱仝居然殺掉孩子！如果想逃跑，他就逃跑好了，為什麼非要把孩子殺掉，而且還殺得這麼慘，腦袋都劈開了？朱仝為什麼要這樣做？這是一個什麼樣的惡魔啊！自己又怎麼會傻到這個地步，去相信這個惡魔呢？

朱仝無法解釋這件事情，他只能背負著這個罪名活下去。但是這就牽涉到了一個問題，那就是宋江、雷橫為什麼要這麼幹？他們為什麼要把朱仝置於如此境地？

有人說這是宋江為了擴大勢力，吸收人才。這個說法不對。如果真是這樣的話，宋江他們早就會想辦法逼他上山，不會非等到朱仝被判刑之後。其實宋江他們真的就是想報恩：你對我們有恩，現在為了救雷橫落難了，那我們當然不能袖手旁觀，一定要搭救你上山！

如果朱仝很樂意被他們搭救，那小衙內當然不會死，找個人把孩子送回家就完了。但問題是朱仝並不想上山。他說：「雷橫兄弟他自犯了該死的罪，我因義氣放了他，他出頭不得，上山入夥。我亦為他配在這裡，天可憐見，一年半載，掙扎還鄉，復為良民，我卻如何肯做這等的事？」

既然這樣，那就只好殺掉這孩子，逼得你無路可走。這樣你只能上山。

其實雷橫沒殺人之前，宋江也招他入夥過。他當年跟朱仝的想法一樣，也不肯。既然不肯，宋江就拉倒了，也沒逼他。那雷橫當年自己不肯做的事，現在為什麼又非逼朱仝這個恩人去做呢？當然，雷橫可以解釋說：「當年不肯，是我糊塗。上山以後才知道其樂無窮，所以現在才要讓恩人上山一起快樂！」

但是這個解釋很不可信，如果仔細思考整個事情，就會理解他們真實的心理邏輯：

你如果過得好好的，我當然不會來逼你。可你現在因為我倒楣了，我當然要報恩。至於我報恩以後，你是不是真的更快樂了，我並不關心。但是報恩這個動作，我必須做！

你為了我而落難，我不管不顧，那我成什麼人了？別人又會怎麼看我？不行，我一定要報恩！你不願意也不行，我壓著你也要報了這個恩！

這個報恩主要不是為了朱仝好，而**是為了不讓別人說閒話，也為了讓自己心裡舒服一些**。

我們可以打個比方。有些父母得了痛苦的絕症，被病痛折磨得生不如死，恨不得馬上解脫。如果孩子真的為了父母好，他應該選擇最沒有痛苦的治療方案，該放棄的時候就放棄。但是不行，再痛苦也得治，能多活兩天就讓他們多活兩天！不然別人會怎麼看我？就算別人不說，我心裡又怎麼向自己交代？至於他們本人願意不願意，那是他們的事。

雷橫他們就是類似的想法。本質上來說，**他們的報恩是表演給別人看，也是表演給自己看**。至於朱仝樂意不樂意，他們並沒有特別當回事。他們只是覺得，必須完成報恩這個動作。

王望如對此的評價是：「朱仝愛友，並愛其友之母，不難配其身以全人；雷橫負友，並負其友之主，竟至深其怨以報德！」

這話真的是沒說錯。

憤怒，是展現我的勇敢，而非懦弱

朱仝被報恩以後，表現得極其憤怒，知道是李逵砍死了小衙內，奮不顧身的衝上去，「恨不得一口氣吞了他」。

李逵扭頭就跑，他窮追不捨，一路追進柴進的莊園。等他再看到李逵，又是「心頭一把無名業火，高三千丈，按納不下，起身搶近前來，要和李逵性命相搏」。眾人拚命解勸，朱仝還是不依不饒：「若有黑旋風時，我死也不上山去！」

大家實在沒辦法，只能把李逵留在了柴進莊園。

是不是很憤怒？但是這種憤怒經不起推敲。因為李逵說了：「晁、宋二位哥哥將令，干我屁事！」當然，這裡所謂的晁、宋兩位哥哥，可能有些水分。因為柴進、吳用、雷橫都曾向朱仝解釋過，說這是宋江的意思，而所有人都沒有提到過晁蓋。所以，晁蓋很可能只是默許，並沒有真正的參與。

但不管怎麼說，李逵只是這件事的執行人，幕後的策劃者另有其人，宋江至少是其中之一。

那朱仝為什麼只跟李逵鬥個你死我活，就是不提宋江呢？原因也很簡單：他不敢。他現在已經沒有退路了，只能去梁山入夥。既然如此，他怎麼能跟宋江翻臉呢？「有宋公明時，我死也不上山去！」那好，既然這樣，你留下來等著砍頭吧！

說到底，朱仝以後就要在宋江手下討生活。即便在最憤怒的時刻，朱仝在內心深處的某個角落裡，也清醒的意識到這一點。他只能把所有的怒火，朝向李逵發洩。他本能的知道，這是安全的。

雷橫他們的報恩，固然是表演給別人看，也表演給自己看的。那朱仝的怒火，又何嘗不是？他也是在表演給別人看，表演給自己看：是的，我為那個孩子而憤怒，我為那個孩子的父親而憤怒，我為了那些喜愛我、信任我，卻因我而死的人憤怒。我不是無情之人，我不是忘恩之人。我憤怒得不惜豁出性命和李逵搏鬥。

實際上，他害怕了。他給了自己一個臺階下，讓自己在憤怒之後，依然能夠找到一條出路。

這麼說，並不是要指責朱仝。朱仝是個善良的人，是梁山的人性之光。但是他也會怯懦，也會退縮，也會自我欺騙。這個世界上大部分人都會這樣。面對一個太過強大的力量時，大家都會壓住自己的怒火，假裝我們氣憤的是別的東西，假裝我們這種選擇性的憤怒是勇敢的標誌，而不是懦弱的標誌。

這是人類的本能。

朱仝去了梁山，相當受器重。英雄排座次的時候，他的位置很高，排到第十二位，名為「天滿星」。相比之下，雷橫只是第二十五位，星座名也不夠好，叫「天退星」。從這個名字就能看出來，作者也不怎麼滿意雷橫這個人。

設計結局的時候也是這樣，施耐庵讓雷橫在征方臘的時候被敵人砍死，但是卻讓朱仝活了下來。朱仝後來官運亨通，一直做到了太平軍節度使，算是非常美滿的結局。

但不知道他後來有沒有再見過那位滄州知府？朱仝是會像躲避瘟疫一樣躲著他，還是會上門請罪？

朱仝是不是會回想起那個坐在自己肩頭看河燈的孩子？也可能會慢慢忘掉吧。不然的話，生活又怎麼過下去呢？

13

人生的路，為什麼越走越窄？

——青面獸楊志

因臉上有一青色胎記（太田母斑），而被稱作青面獸。武藝超凡，全書幾無敗績，曾與林冲交手，三十餘合不分勝負。梁山好漢排行第十七，對應天暗星。

在《水滸傳》裡，楊志是出名的倒楣蛋。運送花石綱[67]，碰見風浪，船翻了；走後門碰見高俅，被趕出去了；賣刀碰見牛二，殺人了；運生辰綱碰見晁蓋，被搶了。

楊志倒楣跟別人還不一樣，林冲、武松他們倒楣，背後都有壞蛋。可是在楊志背後，好像也沒什麼壞人。他就是接連碰上一件又一件倒楣事，幹什麼什麼砸鍋，最後只能落草。

一定要說有個壞蛋，可能就是高俅。楊志到汴京謀求官職，最後到了高俅這一關，人家把他趕出來了。在楊志眼裡，高俅這就是壞到家了。

但真的是這樣嗎？這就得看看事情的前因後果。

楊志原來是殿司制使——隸屬中央殿前司，然後被派到地方上做事——身分說高不高，說低不低，算是個中級武官。楊志承擔的具體工作，是押運花石綱。宋徽宗喜歡從各地搜集奇花異草、怪石珍玩，這些東西就被稱為花石。楊志負責把花石綱從太湖運到汴梁。

結果楊志把花石綱給運丟了。

用他自己的話說，這是「不想洒家時乖運蹇[68]，押著那花石綱來到黃河裡，遭風打翻了船，失陷了花石綱」。好像遭遇了不可抗力，沒辦法。但到底是不是這樣呢？從楊志後來的情況看，我覺得很值得懷疑。

不管怎麼說，按照當時的制度，東西運丟了要賠。可抗力也好，不可抗力也罷，總之都要賠。這聽上去好像有點不講理，但其實也是沒辦法的事情。

古代通信不便，技術水準低下，一旦出事，很難核查真相。如果說碰到不可抗力就不用賠，那押運的官軍走到半路上，把東西一分，讓船鑿沉，再說碰到了滔天巨浪，無法抗拒，所以船翻了，怎麼辦？朝廷很難搞清楚他們說的是實話還是瞎話。這樣一來，你也不可抗力，我也不可抗力，朝廷那點物資還能剩下什麼？

所以，索性不管這些，誰弄丟了誰賠。也正因為這個原因，古代漕運[69]時，往往要額外多收一點，做儲備。但像楊志讓整條船都翻了，那怎麼儲備都不夠，只能認倒楣。按照法律規定，楊志必須賠償，賠償不出就要坐牢。花石綱太貴了，楊志賠不起，所以

---

67 在中國歷史上，花石綱是專門運送奇花異石，以滿足皇帝喜好的特殊運輸交通名稱。在北宋徽宗時，綱，意指一個運輸團隊，往往是十艘船稱一綱。

68 時運不濟，處境困難不順利。

69 指中國歷史上，從內陸河流和海路，運送官糧到朝廷和運送軍糧到軍區的系統，包括開發運河、製造船隻、徵收官糧及軍糧等。

選擇逃跑。

跑了還是划算的，逃跑並不是當一輩子通緝犯。因為宋代有大赦的制度，碰到重大喜事，皇帝往往會大赦天下，很多罪行都不追究了。當然，特別嚴重的罪不行。比如武松血濺鴛鴦樓，連殺十五人，那就屬於遇赦不宥。但像楊志這種罪過，就可以一筆勾銷。所以楊志逃亡了一陣，碰上大赦天下，沒事了。錢也不用賠了。

其實楊志手裡還有點錢，整整「一擔子金銀」。他就扛著這一擔子金銀，到汴京上下打點，好官復原職。

站在楊志的角度看來，出事了就逃跑，等大赦了再回來買官，這是很聰明的選擇。可如果站在朝廷領導的角度看，就會覺得楊志這麼幹挺噁心人的。

高俅就覺得楊志噁心人。

楊志把一擔子金銀都花光了，才弄到了官復原職的文書，結果文書送到了高俅這裡，高俅大發雷霆：「既是你等十個制使去運花石綱，九個回到京師交納了，偏你這廝把花石綱失陷了！又不來首告，倒又在逃，許多時捉拿不著！今日再要勾當，雖經赦宥所犯罪名，難以委用！」

把公文給駁了。

楊志氣得在客店裡大罵高俅：「高太尉！你忒毒害，恁地刻薄！」不光楊志生氣，讀者也覺得高俅可惡。電視劇裡特地把這一段拍得淒淒慘慘，好像高俅如何惡劣，楊志如何可憐。金聖歎甚至點評：「高俅妒賢嫉能也！」

這就有點胡說八道了。高太尉要嫉妒也是嫉妒宿太尉，怎麼會嫉妒楊志這樣一個押運官？嫉妒他什麼？嫉妒他朴刀耍得好？你什麼時候見過一個司令看見連長槍法準，就嫉賢妒能，瘋狂迫害的？

高俅說得其實沒錯。別人運東西都不出事，就你出事！出了事也不報告，拔腿就跑。等風頭過了，把本來應該用於賠償的錢，拿來買官！讓你官復原職，其他軍官會怎麼想？那些出事以後，老實賠償的人又會怎麼想？要是開了這個例子，以後朝廷的工作還怎麼開展？

在《水滸傳》裡，高俅確實是個王八蛋，但具體到楊志這件事兒上，他的處理是公正的，並沒有迫害誰。

楊志慫到最後，一翻臉就砍人

但是這樣一來，楊志受的打擊就很大。

楊志很想當官，對自己的期望值也很高，這跟他的出身有很大關係。楊志是名門之後，對此他也非常自豪。當初王倫問他：「你是誰啊？」他並沒有簡單的說自己名字，而是說得很複雜：「洒家是三代將門之後，五侯楊令公之孫，姓楊，名志。」跟人一見面，先確定自己作為孫子的身分。

這種家世對楊志確實是一種激勵。楊志描述過自己的理想：「洒家清白姓字，不肯將父母遺體來點汙了，指望把一身本事，邊庭上一槍一刀，博個封妻蔭子，也與祖宗爭口氣！」

在《水滸傳》裡，封妻蔭子是個老掉牙的套話了。但是楊志的特別之處，在於著重提到了「在邊庭上一槍一刀」。他這個念頭其實是對的。按照楊志的性格，確實也更適合在邊疆作戰，不適合在內地當官。但話是這麼說，楊志並沒有像魯智深那樣，到邊疆投軍，一點一點做到提轄的位置，他還是選擇在中央當官。就算後來被高俅趕出來，楊志也沒有投軍邊庭的念頭。

這個原因也很簡單：他想做官嘛，當然捨不得從基層一點一點往上爬。

當然，想做官也是有上進心的表現，但問題是楊志並不適合混官場。從他在東京的經歷，就能看出一點苗頭。

楊志在汴梁做武官多年，王倫當年趕考時，就聽說過楊志。可是楊志這麼多年下來，在汴梁居然沒什麼朋友，連點盤纏錢都湊不出來，只能賣祖傳的寶刀。這也太不會混了！但凡他在東京有一個說得過去的同事，也不至於連這點錢都借不到。

其實楊志一直到後來也沒什麼朋友，《水滸傳》裡就沒誰跟他走得近。按理說，他跟魯智深應該是好朋友。他們兩人一起聯手殺死鄧龍，奪了二龍山，算是鮮血凝結成的友誼。可是梁山聚義以後，就看見魯智深跟武松湊在一起嘁嘁喳喳，跟楊志完全沒有互動。這只能說是楊志的性格問題，太孤僻了，跟誰都不願意交流。

沒朋友就借不到錢，借不到錢就只能賣刀。誰知道賣刀時，莫名其妙冒出來一個潑皮（流氓）牛二。

其實按理說，這也不叫事兒。楊志武功極高，在《水滸傳》裡算是頂級人物，一伸手就把牛二「推了一跤」，收拾他實在是易如反掌。可是楊志的表現卻出人意外的慫。牛二問他什麼，他就老老實實回答什麼。牛二讓他表演剁銅錢，他就表演剁銅錢；牛二讓他表演吹頭髮，他就表演吹頭髮。

這種人一看就是流氓無賴，你搭理他那麼多幹什麼？如果換上武松，肯定直接把牛二按在地上打服了；換上林冲，肯定一腳踢翻牛二，自顧揚長而去；換上李逵……換上李逵，牛二根本就不會湊過去。

可是楊志卻選擇最糟糕的一種處理方式。他跟牛二有問有答，說得非常熱鬧，最後牛二硬要這把刀，還說：「你好男子，剁我一刀！」楊志把牛二推了一跤，牛二衝上來打他，楊志忽然發作，上去就往牛二脖子上戳了一刀，這還不過癮，又趕上去，在牛二胸脯上連搠了兩刀。

死屍倒地。

楊志這麼做，簡直有點坑人。一開始表現得這麼慫，對方滿嘴髒話，一嘴一個「你的鳥刀」，他還老老實實回話，讓牛二覺得他好欺負。但是忽然之間，他就能翻臉，拿著刀就敢搠死人。

牛二肯定死得很意外，有中了圈套的感覺。

楊志怕面對失敗而逃跑，但殺人後他不逃了

楊志的性格明顯有點病態。

他自我壓抑得很厲害，而且這種自我壓抑和林冲還不一樣。林冲很內斂，但他那種內斂是退縮型的。打個不太恭敬的比方，有點像烏龜，縮在自己的舒適區域裡不願意出來。但只要待在這裡，林冲的心態就是舒展的。對周圍的世界，他抱有一份善意；對牛二這種流氓，他也能輕而易舉的打發掉，不會往心裡去。

可是楊志沒有這樣的心理舒適區。他缺乏安全感，舉動不夠自信，但在內心深處

又藏著一股子憤懣，這樣一來，動作就容易變形。所以面對牛二的時候，他才會先是莫名其妙的忍讓，然後又莫名其妙的爆發。在現實生活中，我們要是碰到楊志這樣的人，一定要保持適當的距離。

這種人太危險了。

那麼楊志殺了牛二之後，又是怎麼做的呢？

他沒跑，投案了。投案前還對看熱鬧的老百姓發表了一通豪邁的演說：「洒家殺死這個潑皮，怎肯連累你們？潑皮既已死了，你們都來同洒家去官府裡出首！」表現得像個英雄好漢。

這件事也有點怪。楊志丟失花石綱之後，選擇了逃跑。後來他又丟失了生辰綱，也是選擇了逃跑。那麼為什麼獨獨殺人之後，他選擇投案呢？

當然，我們可以說這是情節需要。但是任何成功的文藝作品，對情節的安排都要符合人物的性格邏輯。那麼楊志投案背後的邏輯又是什麼呢？有人對此做過非常複雜的解釋，說楊志仔細判斷過利弊得失，才做出這樣的決定。

但這種解釋很難成立。殺人這件事發生得很突然，是投案，還是逃跑，瞬間就要做出決斷，楊志也沒有時間去仔細權衡利弊。

他這麼做，其實有個很簡單的理由，那就是他不覺得殺牛二是錯的。

丟失花石綱也好，丟失生辰綱也好，不管楊志怎麼嘴硬，在內心深處，他也知道這是自己工作沒做好。按照楊志那種畸形的自尊心，他無法面對這個事實，所以選擇了逃避。但是殺牛二這件事，在他看來是為民除害，沒有什麼不敢面對的。也就是說，楊志最害怕的不是坐牢、賠償，甚至也不是斷送前程。他最害怕的是面對自己的失敗。

在我看來，這是一個最簡單、也最合理的解釋。

結果就是楊志的人生就跌入了谷底。

雖然官府也討厭牛二，對楊志格外手下留情，但再怎麼手下留情，殺人也是殺人。楊志被打了二十脊杖，臉上也刺了字，然後發配到大名府。那把寶刀也被沒收了，最後不知落到了哪個高官手裡。

前任殿司制使成了一個現任勞改犯，楊志心中的鬱悶可想而知。不過，事情很快又柳暗花明起來。楊志的運氣非常好，他在大名府碰上了梁中書。

在《水滸傳》裡，梁中書不能算是一個很壞的官員。至少，他有個很大的優點，那就是愛才。在他領導下，大名府有好幾個驍勇善戰的將領：索超、李成、聞達都非常厲害。楊志發配到大名府以後，也被梁中書挖掘出來，一下子被提拔成了管軍提轄使。

這下，楊志算是鹹魚翻身了。

楊志想低調，但實際工作卻很高調

沒過多久，梁中書給他安排一個工作：押運生辰綱。

上次楊志押運花石綱就失陷了，梁中書也知道這件事。為什麼還敢讓他押運生辰綱呢？想來想去只有一個可能，那就是梁中書相信了楊志的表白：「洒家時乖運蹇，遭風打了船。」不是楊志無能，是外界存在不可抗力。

太老實了，梁中書太老實了。

講到這兒，順便說一下生辰綱的問題。生辰綱是梁中書給岳父蔡京送的一份壽禮，價值十萬貫。按照傳統說法，一貫就是一兩銀子，十萬貫就是十萬兩銀子。但這個說法明顯不對，因為在《水滸傳》裡，一兩銀子的購買力比一貫錢明顯要大得多。

吳用請客時，一兩銀子就可以買一甕酒、二十斤牛肉、一對大雞。武松給了鄆哥五兩銀子，就夠鄆哥父親活上三五個月。王婆幫西門慶勾引潘金蓮，西門慶許給她的則是十兩銀子。這說明銀子很值錢。可是「貫」就不行了。黃泥岡上，一桶酒賣五貫錢。後來柴進到汴梁吃飯，給小費給了十幾貫。林冲一個中層武官，買把寶刀就花了一千貫。這說明貫的購買力是偏低的。

從《水滸傳》的各種細節推斷，一兩銀子至少值一、二十貫錢。這樣的話，生辰綱大約是幾千兩銀子，最多不超過一萬兩。這個數字當然還是不小，但也算不上特別駭人的一筆財富。

但是路上還是有人惦記這筆錢。去年生辰綱半路上被搶了，現在也沒破案。那麼今年怎麼運呢？梁中書是個官僚，沒有江湖經驗。按他的想法，應該派十輛車，每輛車上插一面黃旗，上寫「獻賀太師生辰綱」，由二十個士兵押著走。

這個主意被楊志當場否決了。

楊志丟官之後，好歹在江湖上混過幾年，多少有些經驗。他給梁中書描繪了一個可怕的前景：一路上「經過的是紫金山、二龍山、桃花山、傘蓋山、黃泥岡、白沙塢、野雲渡、赤松林，這幾處都是強人出沒的去處」。這樣插著旗招搖過市，人家怎麼會不來搶劫呢？

楊志提出了一個替代方案：不要車子，更不要黃旗，就找十來個士兵，每人挑一個擔子，打扮成客商的模樣，悄悄往汴梁去。

梁中書這個人有個好處，就是並不剛愎自用，聽得進去話。他知道自己不懂江湖那一套，既然楊志這麼說，那肯定有他的道理，所以梁中書全盤採納。從這點看，梁中書算是個挺好的上級。但是梁中書還派了三個人跟著楊志，兩個虞候，一個老都管。

虞候的職責就是處理雜務，跟著走很正常，但為什麼還要派個老管家去呢？

梁中書是這麼解釋的：夫人自己還有一擔子禮物要送給內眷，老都管到時候負責聯繫內眷。梁中書說的是真話嗎？很多人都認為不是。梁中書這是不放心，怕楊志捲款而逃，所以派老都管去監督他！

這麼想真有點冤枉梁中書了，因為一路上老都管並沒有監督楊志的意思。最後出事了，梁中書也沒有指責老都管疏於監督。而且，梁中書明確交代了，大家都要聽楊志的，並沒有說「有問題，找都管」。所以，梁中書說的多半就是實話。他信任楊志。老都管跟著，也真就是到汴梁辦事去的。

話是這麼說，楊志心裡頭還是有點彆扭。不過既然梁中書非要這麼安排，那就這樣吧。楊志就去收拾行李了。他們幾個領導都拿了朴刀，而且還帶了幾根藤條。朴刀好理解，防身用的，那藤條又是幹什麼用的？

用來打人的。

楊志一開始就憋著勁要狠狠打人。

這跟他的行動方案有關。梁中書打算用十來輛車子推著走，楊志不同意，改成十一個軍漢挑著走。每人要挑一百多斤的東西，太重了。而且當時是酷暑，一路挑到汴梁，人家肯定受不了。那怎麼辦？就用藤條打。誰不聽話打誰。

那為什麼不多帶點軍漢過去呢？這樣大家都可以輕鬆點嘛。梁中書本來的計畫也是派二十多人去，可楊志非要把編制壓縮一半。他這麼做，只有一個目的，那就是縮小目標。人越少，越不容易引起注意。

聽上去這好像很有道理，其實楊志出的是個餿主意，白白增加大家的勞動量。人家早就知道生辰綱的事兒了，公孫勝連路線都摸得一清二楚，「只是黃泥岡大路上來」。但是，從黃泥岡大路上來的商旅多了，怎麼分辨哪個是送生辰綱的呢？很好認。一群壯漢違背經濟學常識，每人挑著一百多斤的重物，烈日之下蹣跚而來，後面還有人跟著拿藤條抽，那肯定就是嘛。你見過哪個客商拿藤條狠抽挑夫的？所以公孫勝他們很有把握。

——楊志帶的人雖然少了，實際效果卻使目標更加醒目了。

只會打罵的主管，有多無能

在押運生辰綱的過程中，楊志的表現可以說情商為零。

他對手下就一個字：狠。「輕則痛罵，重則藤條便打」。軍漢們一肚子怨氣，找老都管哭訴：「我們不幸做了軍健！……這般火似熱的天氣，又挑著重擔；這兩日又不揀早涼行，動不動老大藤條打來；都是一般父母皮肉，我們直恁地苦！」

這抱怨得也合情合理，換上誰也都有怨氣。不過老都管也沒辦法，只能給軍漢們畫大餅：「你們不要怨悵，巴到東京時，我自賞你。」

金聖歎特別痛恨老都管，動不動罵他「老奴」，其實老都管說的話比楊志有水準。軍漢們聽了以後，心裡頭確實舒服一些：「似都管看待我們時，並不敢怨悵。」

這並不是老都管收買人心，要跟楊志搶奪領導權，而是出於人情世故的本能。人家累死累活的，還挨罵挨打，總要給人家說兩句好話，畫個大餅。

梁中書還給楊志畫大餅：「我寫書呈，重重保你，受道誥命回來。」這是領導的管理常識。梁中書和老都管都有這個常識，可楊志偏偏沒有。生辰綱送到地方了，你有誥命，人家軍漢能得到什麼？楊志提都不提，就是一味的「不快點走，我打死你！」。

這樣的領導得有多可恨。

一個團隊裡，比較能幹的一把手[70]會恩威並施，讓你既畏懼又感激。如果做不到，那就得需要和二把手做個分工。一個唱紅臉，一個唱白臉。這個打你一巴掌，那個就得

70 中國用語，一把手，指組織、單位、世界最高領導人；而二把手，是相對於一把手而言，在單位中地位居第二的領導。

趕緊過來給你揉揉。這樣團隊才不至於散架子。

楊志要是聰明的話，就要提前跟老都管、虞候做好溝通：「我打他們，你哄他們。但哄歸哄，事情還是要按我說的去做。大家團結一致，最終的目的是讓隊伍上下一心，把東西安全送到地方，這樣大家都有好處。」

可是楊志別說溝通了，他是見誰罵誰。兩個虞候剛提了一點意見，楊志張嘴就罵：「你這般說話，卻似放屁！」兩個虞候沒敢頂嘴，心裡暗自尋思：「這廝不直得便罵人！」讀到這兒，《水滸傳》的幾個點評者都看不過眼了。李贄評論道：虞候說的「是」。袁無涯評論道：虞候說的「極是」。

別說當事人了，旁觀者都受不了楊志的這個做派。

楊志為什麼如此激烈蠻橫呢？說到底，就是他太想出頭了。楊志骨子裡就是個官迷。太痴迷了，就容易失態。他一心一意要把生辰綱安全送到汴梁，打一個翻身仗。誰阻礙他，誰在他心裡就是個害蟲。這就像一個發財心過盛的老闆，看見員工出去撒個尿都生氣，「王八蛋！上班時間撒尿！」楊志看見別人稍有彆扭，就不由自主的生氣，就想拿藤條招呼人家。

所以楊志很快就成了孤家寡人，上上下下，無人不恨。這樣一來，這支生辰綱團隊就變得很危險了。袁無涯在點評裡就說：「廂軍語語近情，楊志處處使性，即不外劫，亦有內變！」

回過頭來看，當年楊志失陷花石綱，真是因為外部不可抗力嗎？我覺得很可疑。河中行船，是個技術性很強的活，需要團隊配合，像楊志這種管理水準，鬧出意外來，真是一點都不奇怪。其他九條船都沒事，就他出事了，這個恐怕並不是運氣差，更多的還是能力問題。

平心而論，老都管一路上的表現還是不錯的。他對楊志也不滿意，但還是幫著楊志說話，安撫別人。軍漢來訴苦，他給人家畫大餅；虞候過來抱怨，他勸虞候「且耐他一耐」。總的來說，他還是起到了團隊潤滑劑的作用。

但是在黃泥岡上，團隊的矛盾還是爆發了。

爆發的主要原因，還是大家的體力確實到了生理極限。當時天氣極端酷熱，一輪紅日當天，沒半點雲彩。作者專門寫詩描述道：「祝融南來鞭火龍，火旗焰焰燒天紅。日輪當午凝不去，萬國如在紅爐中。」熱成這個樣子，楊志還逼著大家在中午趕路。他這麼做當然有自己的理由，中午強盜少嘛。但他只考慮到這一點，卻沒考慮到人的承受力。人畢竟不是機器，所以到了最後，團隊就崩潰了。眾軍漢看見樹蔭就直撲過去，躺在地上不起來：「你便剁做我七八段，其實去不得了！」

這個時候，楊志真的應該反思一下。為了避人耳目，這麼在中午烈日下趕路，值得嗎？如果真有幾個軍漢中暑了，那整個團隊不就徹底癱瘓，要困死在黃泥岡上了嗎？可是楊志根本沒有反思，還是打、還是罵。

這個時候，老都管和虞候從後面呼哧帶喘的趕過來了。沒挑擔子的人都走不動了，你想想那些軍漢得疲憊到什麼程度。這個時候，老都管第一次開口勸楊志了：「權且教他們眾人歇一歇，略過日中行，如何？」

老都管一路都沒說什麼，這是第一次勸，還是帶著商量的口氣，可楊志直接懟回去了，話說得很難聽：「你也沒分曉了！如何使得？」

轉頭就拿藤條去打軍漢：「一個不走的，吃俺二十棍！」

結果軍漢們爆發了。他們一起叫起來：「提轄，我們挑著百十斤擔子，須不比你空手走的。你端的不把人當人！」以前眾軍漢挨打，只是「喃喃訥訥」的嘟囔兩句。這次卻「一齊叫將起來」，這就有點嘩變的意思了。事到如今，楊志已經很難收場。

這個時候，老都管碰巧也爆發了。

老都管開始叨叨的說，話很難聽。什麼你不過是草芥子大小的官職，就這麼逞能！什麼哪怕我是一個鄉下老頭子，你也該聽我說兩句！滔滔不絕的說一大堆，一看就是憋得太久，忍不住了。

很多讀者看到這兒，都覺得老都管倚老賣老，仗勢欺人，非常可惡。其實，楊志聽到這些話，心裡可能倒鬆了一口氣。老都管說這些話，當然是在發脾氣，但客觀上看，倒真是給楊志解了圍。不然的話，面對集體抗命的軍漢，楊志怎麼收場？難道還真把人家給打死？

老都管發完這通飆，楊志和軍漢的矛盾，就變成了楊志和老都管的矛盾。這就給了楊志一個臺階下，不至於直接向手下的軍漢低頭。否則的話，以後隊伍更沒法帶了。至於老都管會不會變成未來的反對派領袖，那就是以後的事了。

全是危險，就感受不到危機

就在楊志他們吵翻天的時候，晁蓋他們化裝成販棗子的客人，在黃泥岡上出現了。「智取生辰綱」正式開場。

吳用設計了一個疊床架屋、非常複雜的計謀，但是這個計謀也只對楊志好使。比如要換上武松的話，他一定能看出破綻。最明顯的一件事，像吳用那樣的白面教書匠，像走南闖北、風吹日曬的客商嗎？

楊志愣沒看出來。說到底，還是沒經驗。

他在江湖上流落過幾年，但並沒有深入底層，所以他的經驗是行路人的經驗，而不是江湖好漢的經驗。楊志只知道江湖可怕呀！到處是強盜土匪啊！但是強盜土匪到底怎麼行事，他並不清楚。別看他能把梁中書唬得一愣一愣，真要到了十字坡，馬上就被孫二娘變成包子餡。

《水滸傳》把「智取生辰綱」這段寫得很花哨。晁蓋他們先喝了一桶，然後在第二桶喝了一瓢，然後又趁機把蒙汗藥下在第二桶裡等。但是這裡有一個最簡單的問題：那些軍漢為什麼非要喝酒？

並非因為他們都是酒鬼，而是因為「岡子上端的沒處討水吃」，他們渴。連楊志都渴得受不了，最後也喝了半瓢。

他們沒帶水，最主要的原因就是楊志把大家使喚得太厲害了。天這麼熱，水的消耗量肯定很大。大家挑著一百多斤的擔子，實在無力再帶多少水了，結果大家在黃泥岡上，就渴在一起了。楊志作為一個領導，只顧拚命壓縮編制、拚命趕路，卻不考慮他們的生理極限，不考慮他們中暑了怎麼辦，也不考慮他們路上沒水怎麼辦，就是一味的打和罵。這樣的管理水準，當然會出問題。

我說了楊志這麼多缺點，大家可能會說：不管怎麼說，至少他的警惕性還是高的！但在這個問題上，楊志也暴露出了低水準。

他一路上不停的說：「危險！危險！」結果就像《伊索寓言》中的〈狼來了〉，

喊得多了反而沒人信。

在黃泥岡上，兩個虞候就說：「我見你說好幾遍了，只管把這話來驚嚇人！」李贄批註道：「若是以前不說，不是這番聽你了？」

危險嗎？確實危險。但這就像考前畫重點一樣，全是重點，就等於沒有重點。到處危險，給大家的感覺就是到處都不危險。如果換上武松帶隊，他有江湖經驗，就會做個危險級別的判斷，外鬆內緊，真說一句「危險」，大家都會緊張。武松也替縣官送過禮物，無聲無息的就完成了，哪像楊志這樣，一路咋咋呼呼，最後領著大家集體喝了蒙汗藥。

楊志自己走窄人生路

如果覆盤生辰綱這件事的話，楊志至少要負九成的責任。如果他多帶些軍漢，減少每個人的承重量，他們很可能就不會困在黃泥岡。

如果他和老都管處理好關係，一個唱紅臉，一個唱白臉，把眾軍漢哄好，很可能也不會被困在黃泥岡。

如果他沒有風聲鶴唳，上演〈狼來了〉，很可能也不會被困在黃泥岡。

退一步講，如果他準備好了足夠的水，就算他們被困在黃泥岡，很可能也不會喝下蒙汗藥。

但是楊志在每個環節都犯了錯誤。

眾軍漢差點嘩變、兩個虞候出言頂撞、老都管最後發飆，這些事兒歸根結底都是楊志自找的。作為一個領導，他沒有說服大家的能力，就是一味的壓制。對軍漢是打，對虞候是罵，對老都管是懟。所有人都忍了他很久，最後在黃泥岡矛盾集中爆發。

他不該為此承擔責任嗎？楊志覺得不該。

我們在日常生活裡，往往能碰到一種人，辦什麼事，什麼事砸鍋。但他沒有一點責任，什麼錯都是別人的，反正所有人都對不起他。楊志就屬於這種人。

他失陷花石綱，是時乖運蹇，不可抗力，他沒有錯；他逃跑以後，謀求官復原職不成，是高俅狠毒，他沒有錯；他賣刀殺人，是牛二蠻橫無理，自尋死路，他沒有錯；他丟失生辰綱，是老都管放刁，眾軍漢憊懶，「不聽我言語」，他還是沒有錯。

他這麼一個毫無過錯的人，為什麼會步步踏空，走投無路？那是因為老天無眼、社會不公、奸人迫害。反正不是他的問題。

其實我們仔細看看楊志的經歷，真的沒有誰迫害他。他所有的坎坷，可以說都是他自己造成的。《水滸傳》確實描寫一個黑暗的社會，林冲被高俅逼上梁山，武松是被張都監他們逼上梁山的，就連宋江也可以說是被蔡九知府、黃文炳逼上梁山。可是誰也沒有逼楊志上梁山。他是被自己逼上梁山的。

楊志就是這麼一個人。

drill 017

讀水滸

不能明說的人生出路，社會走闖該明白的人性刻度

作　　者／押沙龍
責任編輯／陳竑悳
校對編輯／張祐唐
美術編輯／林彥君
副總編輯／顏惠君
總 編 輯／吳依瑋
發 行 人／徐仲秋
會　　計／許鳳雪
版權經理／郝麗珍
行銷企劃／徐千晴
業務助理／李秀蕙
業務專員／馬絮盈、留婉茹
業務經理／林裕安
總 經 理／陳絜吾

國家圖書館出版品預行編目（CIP）資料

讀水滸：不能明說的人生出路，社會走闖該明白的人性刻度／押沙龍著．-- 初版．-- 臺北市：任性出版有限公司，2022.08
288 面；17×23 公分．--（drill；17）
ISBN 978-626-96088-0-5（平裝）

1.CST：水滸傳　2.CST：研究考訂

857.46　　111006870

出 版 者／大是文化有限公司
臺北市衡陽路 7 號 8 樓
編輯部電話：（02）23757911
購書相關資訊請洽：（02）23757911 分機 122
24 小時讀者服務傳真：（02）23756999
讀者服務 E-mail: haom@ms28.hinet.net
郵政劃撥帳號 19983366　戶名／大是文化有限公司

法律顧問／永然聯合法律事務所
香港發行／豐達出版發行有限公司
Rich Publishing & Distribution Ltd
香港柴灣永泰道 70 號柴灣工業城第 2 期 1805 室
Unit 1805, Ph.2, Chai Wan Ind City, 70 Wing Tai Rd, Chai Wan, Hong Kong
Tel：21726513　Fax：21724355
E-mail：cary@subseasy.com.hk

封面設計／孫永芳
內頁排版／邱介惠
印　　刷／鴻霖印刷傳媒股份有限公司
出版日期／ 2022 年 8 月初版
定　　價／新臺幣 390 元
I S B N ／ 978-626-96088-0-5
電子書 ISBN ／ 9786269608843（PDF）
9786269608836（EPUB）

作品名稱：读水浒：人性的十三种刻度
作者：押沙龍
本書由廈門外圖凌零圖書策劃有限公司代理，經果麥文化傳媒股份有限公司授權，同意經由任性出版有限公司出版中文繁體字版本。非經書面同意，不得以任何形式任意改編、轉載。